辛弃疾词选

XIN QIJI CIXUAN

典藏版

辛更儒 评注

济南出版社

图书在版编目（CIP）数据

辛弃疾词选：典藏版 / 辛更儒评注 . -- 济南：济南出版社，2024.8. -- ISBN 978-7-5488-6697-8

Ⅰ . I222.844

中国国家版本馆 CIP 数据核字第 2024TJ3677 号

辛弃疾词选（典藏版）
XINQIJI CIXUAN DIANCANGBAN
辛更儒　评注

出 版 人	谢金岭
责任编辑	范玉峰　董傲囡　尹海洋
责任校对	魏鲁鑫
特约编辑	范洪杰
装帧设计	胡大伟

出版发行	济南出版社
地　　址	山东省济南市二环南路 1 号（250002）
总 编 室	0531-86131715
印　　刷	山东联志智能印刷有限公司
版　　次	2024 年 8 月第 1 版
印　　次	2024 年 8 月第 1 次印刷
开　　本	170mm×230mm 16 开
印　　张	17
字　　数	140 千字
书　　号	ISBN 978-7-5488-6697-8
定　　价	168.00 元

如有印装质量问题 请与出版社出版部联系调换
电话：0531-86131736

版权所有　盗版必究

序

济南二安,词中龙凤。

易安李清照,巾帼词人的翘楚。南宋王灼就说,李清照"自少年便有诗名,才力华赡,逼近前辈,在士大夫中已不多得。若本朝妇人,当推词采第一"。明代状元词人杨慎也赞许:"宋人中填词,李易安亦称冠绝。"晚清词论家陈廷焯亦极力颂扬:"李易安词,风神气格,冠绝一时!"李清照是中国文学史、文化史上知名度最高、美誉度最大的杰出女作家,其词精美绝伦,千古传诵。

幼安辛弃疾,男性词人的王者。古人服膺他的仙才、霸才,纷纷称扬其词是"龙腾虎掷","胸有万卷,笔无点尘,激昂排宕,不可一世"。辛弃疾本是英雄虎胆,初心是驰骋疆场,建立不世功勋,完成祖国统一的使命,因时代错位,无法实现自己的人生理想,于是以英雄特有的才情豪气,转而用笔在词坛开疆拓土,成就一代伟业。其词壮怀激烈,雄深雅健,自开一派,成为中国文学史上影响力最大的杰出词人。他与苏轼并称为"苏辛",但在词史上的影响力却大于苏轼,雄居宋代"十大词人"之首。

徐北文、辛更儒二先生，词学界气韵沉雄的幽燕老将。北文先生诗词创作与学术研究并擅，兼工书画，生前曾任济南市文学学会会长和山东省古典文学学会副会长，覃思精研李清照，曾出版《李清照全集评注》。辛更儒先生毕生研治辛弃疾，造诣精深，著述宏富，其《辛弃疾集编年笺注》集辛词笺注之大成。

济南出版社约请徐、辛二老评注济南双雄二安之词集，可谓得人。通览全书，我认为它有三个特点，第一，其评注，有如庖丁解牛，得心应手，洞察幽微，切中肯綮；第二，其配图，选择考究，与诗文配合，相映成趣，更增声色；其三，用纸和装帧，十分用心，设计精巧，执掌手中，堪称收藏佳品。

总之，这是近些年来，不可多得的二安诗词读本，读者细心品读，自是悠然心会，妙趣横生。

中国李清照辛弃疾学会会长

目 录

汉宫春·春已归来　1

满江红·家住江南　6

满江红·倦客新丰　11

太常引·一轮秋影转金波　16

青玉案·东风夜放花千树　20

菩萨蛮·青山欲共高人语　25

水龙吟·楚天千里清秋　29

菩萨蛮·郁孤台下清江水　34

念奴娇·野棠花落　38

鹧鸪天·唱彻《阳关》泪未干　43

水调歌头·落日塞尘起　47

摸鱼儿·更能消几番风雨　52

祝英台近·宝钗分　57

贺新郎·凤尾龙香拨　62

水龙吟·渡江天马南来　67

满江红·蜀道登天　72

破阵子·醉里挑灯看剑　77

丑奴儿·少年不识愁滋味　81

生查子·溪边照影行　85

清平乐·绕床饥鼠　89

鹧鸪天·枕簟溪堂冷欲秋　93

清平乐·茅檐低小　97

八声甘州·故将军饮罢夜归来　101

鹧鸪天·陌上柔桑破嫩芽　106

江神子·宝钗飞凤鬓惊鸾　110

洞仙歌·飞流万壑　115

贺新郎·把酒长亭说　120

贺新郎·老大那堪说　125

西江月·明月别枝惊鹊　130

水龙吟·举头西北浮云　134

水龙吟·听兮清佩琼瑶些　139

木兰花慢·可怜今夕月　144

鹧鸪天·晚岁躬耕不怨贫　149

六州歌头·晨来问疾　153

西江月·醉里且贪欢笑　159

浣溪沙·父老争言雨水匀　163

贺新郎·曾与东山约　166

念奴娇·龙山何处　171

鹧鸪天·壮岁旌旗拥万夫　176

临江仙·六十三年无限事　180

贺新郎·绿树听鹈鴂 184

临江仙·莫笑吾家苍壁小 189

贺新郎·甚矣吾衰矣 192

西江月·万事云烟忽过 197

卜算子·千古李将军 201

汉宫春·秦望山头 205

南乡子·何处望神州 210

永遇乐·千古江山 214

玉楼春·江头一带斜阳树 219

水调歌头·长恨复长恨 223

江神子·一川松竹任横斜 228

清平乐·溪回沙浅 233

一剪梅·忆对中秋丹桂丛 237

鹧鸪天·白苎新袍入嫩凉 241

满江红·直节堂堂 245

玉楼春·风前欲劝春光住 250

鹊桥仙·松冈避暑 254

昭君怨·长记潇湘秋晚 258

浪淘沙·身世酒杯中 262

清　王鉴　《山水清音图册》

汉宫春

立春日

春已归来,

看美人头上,

袅袅春幡。①

无端风雨,

未肯收尽余寒。

年时燕子,

料今宵梦到西园。②

浑未办黄柑荐酒,

更传青韭堆盘?③

① 春幡:即春胜,立春日插戴在头上的彩色小旗。
② "年时"二句:年时指年前,去年。料今宵:预料今晚。燕子是候鸟,去年家乡的燕子,此时还在南方未归,所以料想它也许在梦中归去。西园,应指辛弃疾老家历城四风闸中之故园。
③ 此二句言,既未能进献以黄柑酿成的酒,又岂能传送堆满青韭之春盘?

却笑东风从此,

便熏梅染柳,

更没些闲。

闲时又来镜里,

转变朱颜。

清愁不断,

问何人会解连环?

生怕见花开花落,

朝来塞雁先还。

④ 却笑:应嘲笑。
⑤ 解连环:古代一种智力游戏,后指代解决难题。

点　评　这首词是辛弃疾南渡后写作长短句的首篇。此词以清新雄健的格调、卓荦不凡的立意，带给南宋词坛一片新鲜的气息。

绍兴三十二年（1162），辛弃疾在南宋度过了自北方义军南归后的第一个立春日。他携眷在任江阴军（军为州郡级单位，江阴即今江苏省江阴市）签判。此日特别寒冷，作者乍至，尚有不适。大地已悄然回春，但南来仓促，自己无法用"青柑荐酒"，更何况传唤"青韭堆盘"！过片之后，作者不仅怕年华消逝，更怕恢复中原回到故乡的愿望落空。

赏 析

明·沈际飞《草堂诗余》续集：无迹有象，无象有思，精于观化者。

明·潘游龙《古今诗余醉》："却笑"至"变朱颜"等句妙。

清·陈世焜《稼轩词评》：何等风韵，起势飘洒。只是凿空写去，《离骚》耶？汉乐府耶？我莫名其妙。稼轩词其源出自《楚辞》。

今·顾随《稼轩词说》：若论"春已归来"，实实不见有甚奇特。但"美人头上，袅袅春幡"八字上，加之以"看"，却何等风韵，何等情致。

今·吴则虞《辛弃疾词选集》：全篇词中不外春光人事，镕人事入春光，则春光有物；镕春光入人事，则人事皆虚。交相表里，情景合一。

宋　佚名　《柳院消暑图》

满江红

暮春

家住江南,

又过了清明寒食。

花径里一番风雨,

一番狼藉。①

红粉暗随流水去,②

园林渐觉清阴密。③

算年年落尽刺桐花,④

寒无力。

庭院静,

空相忆。

① 一番风雨,一番狼藉:指风雨过后,落花满地,一片零落不整的景象。诗人喻指当时时局。
② 红粉:红白两色落花。
③ 清阴密:夏日树叶繁盛,遮挡日光。
④ 算:概括词,总括,可作"看来""历数"等解。刺桐:其木为材,三月三时,布叶繁密。后有花赤色,间生叶间,旁照他物,皆朱殷然。各版本都提及刺桐夏初开花,而辛词却说刺桐花于清明日已落尽,盖伤刺桐花之早开,以喻诸事不如意。

无说处,

闲愁极。

怕流莺乳燕,
⑤

得知消息。
⑥

尺素如今何处也?
⑦

彩云依旧无踪迹。
⑧

谩教人羞去上层楼,
⑨

平芜碧。

⑤ 流莺乳燕:飞莺和雏燕。
⑥ 消息:信息,音信。
⑦ 尺素:为一尺左右的素绢,代指书信。
⑧ 彩云:诗中多用以比喻美人或美物。
⑨ 谩:空。羞:怕。

点　评　由"暮春"的种种景,写词人南归后因国步艰难而忧思满怀的心中意。隆兴元年(1163),孝宗命张浚发动了对金北伐之战,准备不足又兼指挥失当,在金地的符离(今安徽省宿州市)遭遇挫败。这首词作于次年春末,用比兴的写法,以晚春的狼藉阑珊景象,象征符离之战的惨败,抒发作者心中的隐痛。而下片更借夏日的闲愁无聊开头,衬托他对南宋当局及国家命运的彷徨和迷惑。

赏　析　清·陈廷焯《云韶集》卷五：俱能独辟机杼，极沉着痛快之致。亦流宕，亦沉切。

清·邓廷桢《双砚斋词话》：《满江红》之"怕流莺乳燕，得知消息"……皆独茧初抽，柔毛欲腐，平欺秦柳，下轹张王。宗之者固仅袭皮毛，诋之者亦未分肌理也。

今·吴则虞《辛弃疾词选集》：稼轩词喜使事用典，然此首不用一典，于此等处见词力之厚，无体不备。他词以淋漓说尽为贵，此等词含蓄浑雅，有幽渺之思。

明　仇英　《人物故事图·松林六逸》

满江红

倦客新丰,
①

貂裘敝征尘满目。

弹短铗青蛇三尺,
②

浩歌谁续?
③

不念英雄江左老,

用之可以尊中国。
④

叹诗书万卷致君人,

翻沉陆!

休感慨,

① 倦客:《旧唐书》载马周孤贫好学,尤精《诗》《传》,落拓不为州里所敬;西游长安,宿于新丰,悠然独饮,逆旅主人奇之。新丰:在陕西临潼县东约七公里。
② 弹短铗:作者以战国时齐国孟尝君的门客冯谖不得志时弹剑而自喻。青蛇三尺:指剑。
③ 浩歌:高歌。
④ 这两句的意思是:只要英雄不老,用之就可以使中国受到四方的尊重。

浇醽醁。
⑤

人易老,

欢难足。

有玉人怜我,
⑥

为簪黄菊。

且置请缨封万户,

竟须卖剑酬黄犊。
⑦　　　　⑧

甚当年寂寞贾长沙,

伤时哭?
⑨

---

⑤ "浇":饮酒。醽醁(líng lù):亦作酃渌,湘东地名,当地盛产美酒,常年供奉,世称酃渌酒。
⑥ 玉人:美如白玉的女子。
⑦ 竟须:就应当。
⑧ 酬:酬答,交换。
⑨ 遥想当年,贾谊因为寂寞伤时而痛哭。

点　评　全词之激情震荡，悲愤至极，宋代词作中无有匹敌者。多处运用古人旧典，用以自拟，以表达他的救亡愿望和承担国家重任的初心。隆兴二年（1164）底，宋、金签订隆兴和议。辛弃疾一直反对议和，曾写下著名的《美芹十论》等上谏朝廷，但依然无法阻挡当局的求和之举。揆诸词意，此词或作于乾道元年（1165）初。

赏　析　明·卓人月《古今词统》：有经史气，然非老生常谈。

今·吴则虞《辛弃疾词选集》：此是稼轩困于下僚，而不能引兵北伐，恢复中原藉以发泄满腔忠愤之词也，有少年慷慨之气。起首"倦客新丰"二句，自比马周，困于新丰逆旅（梁启勋不知此意，疏解有误）。"弹短铗、青蛇三尺"二句，又比冯谖弹铗悲歌，写尽英雄之困顿，愤懑之气，充满胸臆。"不念英雄江左老"二句，字字斩钉截铁，正气堂堂。意使北方英雄老于江左，而朝廷不用。结句更申其义。后阕自作宽慰之词。……结以"寂寞贾长沙，伤时哭"二句，反怪汉文至治之世，长沙何以痛哭流涕乎？侧笔反跌，全篇之意显出。

清　陈枚　《山水楼阁图》

太常引

建康中秋夜为吕叔潜赋

一轮秋影转金波,①

飞镜又重磨。②

把酒问姮娥,③

被白发欺人奈何?

乘风好去,④

长空万里,

直下看山河。

斫去桂婆娑,⑤

人道是清光更多。⑥

① 秋影:秋天的月。
② 飞镜重磨:谓月再圆也。古时镜用铜制,所以有磨镜之说。
③ 姮娥:即嫦娥,原后羿妃,后得不死药,遂飞入月中,为月中女神。汉代后避讳改姮娥为嫦娥。
④ 好:欲,要。
⑤ 桂婆娑:指月,相传月中有桂树。婆娑:桂影摇动的样子。清周济释此句有云:"所指甚多,不止秦桧一人而已。""桧"字一音"桂",周济认为桂指代桧,即秦桧。
⑥ 人道是清光更多:杜甫《一百五日夜对月》诗:"斫却月中桂,清光应更多。"

点　评　自古咏月诗词多佳作。杜甫有《对月》诗，苏轼有《水调歌头》词，都很著名。稼轩这首词，是以寓意深刻著称。作者通过奇妙的想象，把中秋月的魅力形象地展现在读者面前。但作者的想象，并不仅限于月的美感，还发出进一步的奇想：如果能够铲除月中的阴影，岂不是会有更多的清光洒向人间？作者笔下的阴影，当影射宋孝宗所宠幸的曾觌、王抃等奸佞宦竖，和专权卖主的主和派们。

建康中秋，这是辛弃疾建康期间某年八月十五夜所赋。吕叔潜，名大虬，婺州人。

赏　析　明·李濂《稼轩长短句》评语：末翻杜句，更佳。

清·陈廷焯《词则·放歌集》：以劲直胜，后人自是学不到。

清·周济《四家词选》：所指甚多，不止秦桧一人而已。

今·吴则虞《辛弃疾词选集》：稼轩赋此词时在建康，正当少壮。白发姮娥，徒托意耳。此即"可怜今夕月"阕"姮娥不嫁谁留"之意。姮娥老去，喻己之怀才难展。下片"乘风"三句，用宗悫语。"直下"即"直上"，此长短句用字之妙。"斫去"二句，用工部诗，喻小人盈廷，障翳光明，安得假以斧柯尽去君侧奸佞，使朝政清明，得遂其复国雪仇之志耶？此题"为吕叔潜赋"，稼轩词题，往往故为闪烁，隐晦其意。此等词不可于题中求之也。

清　郎世宁　《乾隆帝元宵行乐图》

青玉案

元夕

东风夜放花千树。①

更吹落，

星如雨。②

宝马雕车香满路。

凤箫声动，③

玉壶光转，④

一夜鱼龙舞。⑤

蛾儿雪柳黄金缕，⑥

笑语盈盈暗香去。⑦

① 东风夜放花千树：形容元宵夜花灯繁多。东风吹开了元宵夜的火树银花，花灯灿烂，就像千树花开。
② 星如雨：星，指焰火；焰火纷纷，乱落如雨。
③ 凤箫声动：相传箫史吹箫引来凤凰，故称凤箫。
④ 玉壶：玉壶灯。光转：灯光转动。
⑤ 鱼龙舞：指舞动鱼形、龙形的彩灯，如鱼龙闹海一样。
⑥ 蛾儿雪柳黄金缕：皆指游玩的妇人所戴佩饰。
⑦ 盈盈：轻澈，轻盈。暗香：淡香。

众里寻他千百度,

蓦然回首,
ⓘ⑧

那人却在,

灯火阑珊处。
　　ⓘ⑨

⑧ 蓦然:突然,猛然。
⑨ 阑珊:暗淡,稀少。

点　评　宋人习俗，元宵放灯，市民连续赏灯三夜。南宋都城临安（今杭州），元夕更是繁华热闹，花灯齐放，鱼龙百戏杂陈，全民狂欢。上片详写都城的游观：灯火花树，烟花如雨，香车宝马，鱼龙曼舞。下片则写一个俏丽女子的独特性情：她并不喜欢元夕的盛况喧嚣，而是一个人徘徊在烟火稀落之处。此景此情，虽然平常，却托写出多少不易言说的悲感，只用"众里寻他千百度，蓦然回首，那人却在，灯火阑珊处"寥寥数语，便写尽伤心人独有的怀抱。作者笔下的"那人"，想来是词人历经患难后的心境的写照。

赏析

清·彭孙遹《金粟词话》：辛稼轩"蓦然回首，那人却在灯火阑珊处"，秦、周之佳境也。

清·谭献《谭评词辨》卷二：稼轩心胸，发其才气，改之以下则犷，赋色瑰异，何尝不和婉。

今·梁启超《饮冰室评词》：自怜幽独，伤心人别有怀抱。

今·王国维《人间词话》卷上：古今之成大事业、大学问者，必经过三种之境界。"昨夜西风凋碧树，独上高楼，望尽天涯路"，此第一境也。"衣带渐宽终不悔，为伊消得人憔悴"，此第二境也。"众里寻他千百度，蓦然回首，那人却在，灯火阑珊处"，此第三境也。此等语皆非大词人不能道。然遽以此意解释诸词，恐为晏、欧诸公所不许也。

024　辛　弃　疾　词　选

明　盛颖　《马嵖烟雨图》

菩萨蛮

金陵赏心亭为叶丞相赋

青山欲共高人语,

联翩万马来无数。①

烟雨却低回,

望来终不来。②

人言头上发,

总向愁中白。

拍手笑沙鸥,

一身都是愁。③

① 这一句形容青山无数次地驰骤而前,急切地想和高人亲近。作者平生志愿在杀敌报国,恢复失地,因此,他笔下的事物是动态的,具有生命力的。

② 烟雨却低回,望来终不来:在山脚下徘徊的烟雨,阻挡了"马群"的来路,这马群也就是青山,想来和高人亲近,却终于盼望不来了。

③ 拍手笑沙鸥,一身都是愁:白居易《白鹭》诗:"人生四十未全衰,我为愁多白发垂。何故水边双白鹭,无愁头上亦垂丝?"作者的感慨,是从白诗中脱化而出的。

点　评　赏心亭在建康府（今南京）下水门城上，下临秦淮，有登览之胜。辛弃疾两次官建康，屡登赏心亭。他以丰富的想象力，把亭上所见周边的青山、烟雨、沙鸥都做了拟人化的描写：青山万马，欲来而退却；烟雨低回，欲来而终不成；头上的白发，与江上的沙鸥何等相似。这些拟人的形象，是借之倾诉主人公壮志雄心屡遭扼制的苦闷心境，也表达了对友人叶衡的殷切期待。叶丞相即叶衡，字梦锡，浙东婺州金华人，绍兴十八年（1148）进士。这首词作于淳熙元年（1174）年春夏之间，其时二人同官建康，叶衡还未入朝任宰相，题中"叶丞相"是编集时加上去的。

赏 析　　清·卓人月《古今词统》卷四：趣语解颐。（拍手二句）

清·沈雄《古今词话·词品》：稼轩之《重叠金》云：人言头上发……便不成词意。按：《重叠金》即《菩萨蛮》的别名。

今·顾随《稼轩词心解》：稼轩有一首《菩萨蛮·金陵赏心亭为叶丞相赋》可称前无古人之作，能自出新意，自造新词。……自有《菩萨蛮》以来都是写得很美、很缠绵，稼轩也仍是美丽缠绵，但别人是软弱的，稼轩是强健的。故不论其好坏，总之只此一家。

清　樊圻　《兰亭修禊图》（局部）

水龙吟

登建康赏心亭

楚天千里清秋,
①

水随天去秋无际。

遥岑远目,
②

献愁供恨,

玉簪螺髻。
③

落日楼头,

断鸿声里,

江南游子。
④

把吴钩看了,
⑤

栏干拍遍,
⑥

① 楚天:楚地天空。建康一带,原来也是楚国的疆域,故称为楚天。
② 遥岑:远山。远目:远眺。
③ 玉簪螺髻:形容山势拔地而起,如碧玉雕成的簪子。
④ 江南游子:作者的自称,言自己孤身一人来到江南,因仕宦而漂泊不定。
⑤ 吴钩:古时吴国出产钩类兵器,此指挂在腰间的刀剑,非指腰间挂剑的带钩。
⑥ 栏干拍遍:拍栏杆是无聊郁闷,欲图发泄的动作。

无人会,

登临意。

休说鲈鱼堪脍,
⑦

尽西风季鹰归未?

求田问舍,

怕应羞见,

刘郎才气。
⑧

可惜流年,

忧愁风雨,

树犹如此!
⑨

倩何人唤取,

红巾翠袖,

揾英雄泪?
⑩

⑦ 休说鲈鱼堪脍:西晋时张翰(字季鹰)被任为齐王东曹掾,在洛阳为官,因思家乡吴中菰菜羹、鲈鱼脍,辞官而归。

⑧ 求田问舍:买房置地。刘郎:指刘备。这三句是表示自己不愿意求田问舍,当富家翁。

⑨《世说新语·言语》载,桓温北征,"经金城,见前为琅邪时种柳,皆已十围,慨然曰:'木犹如此,人何以堪?'"

⑩ 揾:擦拭。

点　评　本词是南宋爱国词的代表作与精品。上片从写景开始，由景写到人物。作者登临望去，所见无非楚地的天空。随之转而描摹楚地长秋、大江流水、渺远的山与楼头的江南游子。失志的英雄豪杰，既不能如张翰归来钓鲈，又不能如刘郎求田问舍，英雄落泪，无人可慰。作者的这首登临词，抒发了报国无门的痛惜和悲愤，尽情宣泄了英雄失志的苦闷和孤独。描写、抒情和议论相结合的手法，成为豪放词典型的创作手段和普遍的形式。

赏　析　明·李濂《稼轩长短句》评语：婉约。

今·吴则虞《辛弃疾词选集》：久沉下僚，不能北上杀敌，以雪国耻。胸中异常郁闷，而作此词。……"可惜流年"三句，恨流光太速，转瞬六年，恢复无望；江南游子之忧国心情，日深一日，不免有髀肉复生之感。"忧愁风雨"四字，浑括一切家国之事。"树犹如此"，是侧写法，于此见稼轩天资之高。此三语经千锤百炼而出，却不见斧凿痕。"倩何人唤取"三句，揭出英雄洒泪，无人安慰之情怀。与前结"无人会"相应。

今·叶嘉莹《论辛弃疾词》：是则此二首《水龙吟》词，就其感发生命之本质言之，固皆为其平生志意与理念的本体之呈现。只不过"楚天千里清秋"一首，其慷慨激昂之气多为正面之流露，而此词则颇多幽隐曲折之致，且曾使用反讽之笔法。所以在"楚天千里清秋"一词结尾，辛氏乃明白写出了自己的悲慨，说："可惜流年，忧愁风雨，树犹如此。倩何人唤取，红巾翠袖，揾英雄泪。"

明　商喜　《宣宗行乐图》

菩萨蛮

书江西造口壁

郁孤台下清江水,
①
中间多少行人泪?
②
西北望长安,
可怜无数山。
③

青山遮不住,
毕竟东流去。
江晚正愁余,
④
山深闻鹧鸪。
⑤

① 郁孤台:在赣州西北,可以登临。此清江水虽指赣水,却用以形容赣江上游而言。
② 行人泪:赣水虽甚清澈,然急流险滩,行人到此而泪下,不觉引动无限伤心事。此地曾是隆佑太后南逃所经之地,包含北人南逃离国弃乡之痛。
③ 可怜:可惜。此句长安,代指国都汴京。两句是说,遥望西北故都,被无尽的群山所遮挡。
④ 正愁余:即"余正愁"。
⑤ 山深闻鹧鸪:这里是说行路艰险。鹧鸪鸣叫声听起来像说:"行不得也哥哥。"词人闻此更增北还之忧。

点　评　郁孤台下的清江即赣江，由北流的章水和贡水汇合而成，上游水路多险滩，舟行维艰。而造口溪在赣州北六十公里的万安县，建炎间，金兵追袭，隆祐太后狼狈逃走山间，所到之处，无不遭遇金兵的追杀蹂躏。辛弃疾自赣州北行，在造口山石壁下写下这首行路难词，也是饱蘸着江西人民的血泪而成的。开头一句，就激发出多少人的无限爱国情思！自此北望汴京，多少高山挡在眼前，形成障碍。但这无数青山却终究挡不住江水东流入海。这些描写表明了作者坚定的信念：无论遇到怎样的艰险，阻挡不了志士前行的步伐。

赏　析　宋·罗大经《鹤林玉露》甲编卷一：其题江西造口词云……盖南渡之初，金人追隆祐太后御舟至造口，不及而还。幼安自此起兴，"闻鹧鸪"之句，谓恢复之事行不得也。

明·沈际飞《草堂诗余》正集卷一：无数山水，无数悲愤。朱文公云：若朝廷赏罚明，此等人皆可用。

清·陈廷焯《云韶集》卷五：血泪淋漓，古今让其独步。结二语号呼痛哭，音节之悲，至今犹隐隐在耳。

今·俞陛云《唐五代两宋词选释》：词仅四十四字，举怀人恋阙，望远思归，悉纳其中，而以清空出之，复一气旋折，深得唐贤消息，集中之高格也。

清 李鱓 《桃花柳燕图》

念奴娇

书东流村壁

野棠花落,
①

又匆匆过了,

清明时节。

划地东风欺客梦,
② ③

一夜云屏寒怯。
④

曲岸持觞,

垂杨系马,

此地曾轻别。
⑤

楼空人去,

旧游飞燕能说。
⑥

① 野棠:野生植物,二月开白花,清明前后即凋谢。
② 划地(chǎn dì):无端地,只是。既言依旧,恐怕这是旧地重游。
③ 欺客梦:言东风寒冷,让行客不能入睡。
④ 云屏寒怯:屏风也挡不住寒冷。
⑤ 曲岸持觞,垂杨系马,此地曾轻别:回忆旧事,曾在清流旁持觞,垂杨上系马,在此处草率离去。
⑥ 旧游飞燕能说:只有往日的燕子还栖息在此,见证往日的欢乐。

闻道绮陌东头,
　　⑦

行人曾见,

帘底纤纤月。
　　⑧

旧恨春江流不断,

新恨云山千叠。

料得明朝,

尊前重见,

镜里花难折。

也应惊问,

近来多少华发?
　　　　⑨

⑦ 绮陌:城中繁华的街市。
⑧ 纤纤月:如钩的新月,多喻美人之足,这里指美人。
⑨ 华发:花白头发。

点　评　这是一首叙事词,曲折而委婉地述说一个痴情的男子的情感历程。前人多以"俊逸""非至情人不能作此"评此词。本词题为"书东流村壁"。东流,南宋江南东路池州的属县。词是写在县城某一村中的墙壁上的,所写的内容是某男子自述与一位女子的感情经历：他们的惜别大概在清明时节,野棠花已谢,春日寒风掠过,客中的主人从梦中冻醒。楼空人去,相爱的女子早已不见踪影。据听闻再次寻来,且想象着如果能相见,可也有一番无奈,相见不若不见,因为镜里花、水中月,皆难再得。

赏　析　明·李于麟《批评注释草堂诗余隽》：上言春去人在无限愁，下言旧恨新恨最难诉。春光已尽，幽思动人。重相见来，旧恨新恨都消。如二八娇娥婀娜百媚，令人一见，神醉魂飞，信是词中第一色。

明·沈际飞《草堂诗余》正集卷四：安"欺"字妙。"一枕"句，纤妍。合江水云山言恨，天才骏发。

明·李濂《稼轩长短句》评语：神绝古今。

明·谭献《谭评词辨》卷二：大踏步出来，与眉山异曲同工。然东坡是衣冠伟人，稼轩则弓刀游侠。"楼空"二句，当识其俊逸清新兼之故实。

近代 钱松嵒 《云山苍江图》

鹧鸪天

送人

唱彻《阳关》泪未干,
①

功名余事且加餐。
②

浮天水送无穷树,
③

带雨云埋一半山。
④

今古恨,

几千般,

只应离合是悲欢?
⑤

江头未是风波恶,

别有人间行路难。
⑥

① 《阳关》:《阳关曲》,为唐代送别之曲。唱彻:唱毕。
② 功名余事:吴芾《送津儿之官丽水》诗:"功名余事耳,何必成与遂。"且加餐:杜甫《扬旗》诗:"吾徒且加餐,休适蛮与荆。"
③ 浮天水:指上涨的江水。送:言船行江上,江水送走江边无尽的树木。
④ 带雨云:下雨前的云层。
⑤ 只应:只有。
⑥ 此二句是说,江上的风波不是最险恶的,人间另有艰难之事,胜过行路的艰难。显然,这是指前程的险恶、事业的艰难。

点　评　这是作者淳熙五年（1178）赴临安途中所写，所送何人无考，或者就是借送人的题目，写旅途中的感受。此词的特点是写景兼抒怀：远方的江树遥与天齐，云山一半被遮。作者南归已经十余年，建功立业的理想犹未实现。看惯了官场上迎来送往、离愁别绪，国家与民族的深仇大恨，却逐渐被人忘却。有感于此，作者提醒人们，不管江头风浪如何险恶、旅程如何艰难，都要满怀信心去加以克服。

赏　析　今·俞陛云《唐五代两宋词选释》：此阕写景而兼感怀，江树尽随天远。好山则半被云埋，人生欲望，安有满足之时，况世途艰险，过于太行、孟门，江间波浪，未极其险也。

今·邓广铭《辛弃疾传》：南宋的一般"骚人墨客"，只把一些离愁别恨作为抒写的主题，而整个民族所遭遇到的严重灾难和深仇大恨，在他们的作品当中竟占不到多少地位，甚至于完全不占地位。辛弃疾对于这等反常现象，也在歌词中加以指摘和质问。

清　佚名　《仿董源江南烟峦图》（局部）

水调歌头

舟次扬州，和杨济翁、周显先韵

落日塞尘起，

胡骑猎清秋。

汉家组练十万，

列舰耸层楼。
①

谁道投鞭飞渡？
②

忆昔鸣髇血污，

风雨佛狸愁。
③

季子正年少，
④

匹马黑貂裘。

① 汉家：喻南宋。组练：指袍甲齐备的战士。列舰耸层楼：此写南宋水军有精良的装备。

② 谁道投鞭飞渡：《晋书·苻坚载记》："虽有长江，其能以吾之众旅，投鞭于江，足断其流。"

③ 髇（xiāo）：同"镝"，鸣镝：响箭。风雨佛（bì）狸愁：佛狸是北魏太武帝拓跋焘的小字，此言其为江南的风雨发愁。史载拓跋焘于南侵失败的次年即死。

④ 季子：战国时苏秦，字季子。这是辛弃疾以少年苏秦自喻。绍兴三十一年（1161），他在家乡历城起义兵，擒拿叛贼张安国南归，时年仅二十三岁。

今老矣,

搔白首,

过扬州。
㊄

倦游欲去江上,
㊅

手种橘千头。

二客东南名胜,

万卷诗书事业,

尝试与君谋。
㊆

莫射南山虎,
㊇

直觅富民侯。
㊈

㊄ "今老"三句:此次江行再过扬州,辛弃疾已三十九岁,南渡十六年后,壮志未酬。
㊅ 倦游:倦于游宦。
㊆ "二客"三句:指杨、周二人为名士,读万卷书,学富志高,愿为之谋划。名胜:名流。
㊇ 莫射南山虎:汉代李广在蓝田南山中射猎,又说所居地有虎,射之。
㊈ 直觅富民侯:汉时车千秋本姓田,为守护陵寝的一名小官,仅因上书言事,一言悟主,数月后即拜相封侯。

点　评　这是一首江行词，作于淳熙五年（1178）秋作者离开临安远赴鄂州之湖北转运副使任途中。

这首词回忆绍兴末年金主完颜亮南侵败亡和作者自中原起义军中回归南宋的战斗场景，抒发少年壮志未酬之感。上片是忆旧事，由金军采石战败及金主身亡的历史说起，"风雨佛狸愁"一句，揭示了古今入侵者的必然命运；下片是说今事，言多年之后，人已白首，事业无成。无奈之下，只能把万卷诗书事业留与后来者。"莫射南山虎，直觅富民侯"二句，以李广不封和田千秋一言悟主相对照，感慨尤深。意气纵横与悲愤郁结，在对往昔与当下的描述中鲜明透发。这首词被词学论家评为疏放而遒炼的词中佳作。

赏 析 明·李濂《稼轩长短句》评语：以下二阕俱见雄豪之气。有感慨。

清·陈廷焯《词则·放歌集》卷一：稼轩《水调歌头》诸阕直是飞行绝迹，一种悲愤忼慨郁结于中，虽未能痕迹消融，却无害其为浑雅，后人未易摹仿。

清·陈廷焯《云韶集》卷五：笔力高绝，落地有声，字字警绝，笔致疏散而气甚遒炼。结笔有力如虎。

今·邓广铭《稼轩词编年笺注》：宋高宗绍兴三十一年辛巳，金主亮大举南侵，稼轩与耿京举义山东，其后金主亮师丧身死，稼轩亦奉表南归。本阕前章云云，盖均稼轩自述之词也。

051

明 文俶 《秋花蛺蝶图》

摸鱼儿

淳熙己亥,自湖北漕移湖南,同官王正之置酒小山亭,为赋

更能消几番风雨?

匆匆春又归去。

惜春长怕花开早,①

何况落红无数!

春且住,

见说道天涯芳草无归路。②

怨春不语,

算只有殷勤,③

画檐蛛网,

尽日惹飞絮。④

① 惜:爱。长:总是。
② 见说:听说。
③ 算只有:看来只能有。殷勤:频繁。
④ 尽日:整日间。惹:招惹。

长门事,
⑤

准拟佳期又误。

蛾眉曾有人妒。

千金纵买相如赋,

脉脉此情谁诉?

君莫舞。

君不见玉环飞燕皆尘土!
　　　　⑥

闲愁最苦。

休去倚危栏,
　　　⑦

斜阳正在,

烟柳断肠处。

⑤ 长门:汉代离宫,在长安城南。长门事:指汉武帝陈皇后失宠居长门宫事。
⑥ 玉环:唐玄宗杨贵妃的小字。飞燕:汉成帝皇后赵飞燕。二人是汉、唐历史上的美人,都专宠于一时。
⑦ 危栏:高栏。苏舜钦《春日晚晴》诗:"谁见危栏外,斜阳尽眼平?"

点 评 淳熙六年（1179）己亥，作者自湖北转运副使移官湖南转运副使。其时，任湖北转运判官的旧友王正之在副使廨（即东衙）中的小山亭，为作者治酒送行。席中，作者写下这首"前无古人，后无来者"的著名词章（梁启超语）。这首词借惜春怨春的主题，反映作者对抗金事业及国家个人前途命运的忧虑。全词皆以比兴象征为基本写法，抒发美人迟暮、英雄失志之感。

赏 析 宋·谢枋得《唐绝句选》卷二：辛稼轩中年被劾凡一十六章，不胜逯险，遂赋《摸鱼儿》云云。

明·李于麟《批评注释草堂诗余隽》：上是写暮春于言外，下又是宫中春怨之词。"落红无数"，真有惜春归之意。因春晚而伤旧事，诵之令人有感。玉环飞燕，美人已尘土，何等感慨。就春晚追思，春华易度，一字差堪一泪。

清·谭献《谭评词辨》：权奇倜傥，纯用太白乐府诗法。"见说道"句是开，"君不见"句是合。

今·梁启超《饮冰室评词》：回肠荡气，至于此极。前无古人，后无来者。

明 仇英 《桃源仙境图》

祝英台近

晚春

宝钗分，①

桃叶渡，②

烟柳暗南浦。③

怕上层楼，

十日九风雨。

断肠片片飞红，

都无人管；

更谁劝啼莺声住。

① 宝钗分：古时男女相别，有分钗之俗。
② 桃叶渡：渡口名，在南京秦淮河与青溪合流处。
③ 烟柳暗南浦：言南浦在暮烟杨柳的笼罩下显得更加昏暗。此写离别时抑郁的心情。

鬓边觑。
④

试把花卜归期,
⑤

才簪又重数。

罗帐灯昏,
⑥

哽咽梦中语:

是他春带愁来;

春归何处,

却不解带将愁去。
⑦

④ 觑:窥视。
⑤ 把花卜归期:取下鬓边的花儿来数,以测算归期。
⑥ 罗帐:纱罗帐。
⑦ 不解:不能。带将:带着;将,语助词。

点　评　这是一首闺中怨别怀人的词,其风格也从平素的慷慨激昂转为缠绵悱恻。因此,遂为后人诧言"词人伎俩,真不可测"。从内容看,不外是怀人。上片是暮春日的离别,下片是暮春日的盼归。一写怕上层楼见风雨,再写用鬓边簪花卜定归时,皆表示女主人公朝暮于斯的执着和幽怨。词人抒写情意,擅用转折,层层推进,愈显缠绵,愈见凄恻。纡曲婉转,是绮语之极工、极巧之境。

赏　析　宋·魏庆之《诗人玉屑》卷二一："宝钗分……"此辛稼轩词也。风流妩媚，富于才情，若不类其为人矣。……盖其天才既高，如李白之圣于诗，无适而不宜，故能如此。

宋·张炎《词源》卷下：辛稼轩《祝英台近》云……皆景中带情，而存骚雅。故其燕酣之乐，别离之愁，回文题叶之思，岘首西州之泪，一寓于词。若能屏去浮艳，乐而不淫，是亦汉魏乐府之遗意。

清·沈谦《填词杂说》：稼轩词以激扬奋厉为工，至"宝钗分，桃叶渡"一曲，昵狎温柔，魂消意尽，才人伎俩，真不可测。昔人论画云："能寸人豆马，可作千丈松。"知言哉！

今·唐圭璋《唐宋词简释》：此首借闺怨以寄意。送春诗，但以问语出之，韵味尤厚。

明　仇英　《人物故事图·浔阳琵琶》

贺新郎

赋琵琶

凤尾龙香拨。①
自开元《霓裳曲》罢,②
几番风月?
最苦浔阳江头客,
画舸亭亭待发。③
记出塞黄云堆雪。
马上离愁三万里,④
望昭阳宫殿孤鸿没。
弦解语,⑤
恨难说。

① 龙香拨:以龙香柏为拨。
② 开元《霓裳曲》罢:《霓裳羽衣曲》,起于开元,盛于天宝。
③ "最苦"二句:浔阳江头客,白居易《琵琶行》:"浔阳江头夜送客,枫叶荻花秋瑟瑟。……忽闻水上琵琶声,主人忘归客不发。"
④ 马上离愁:傅玄《琵琶赋·序》:"闻之故老云:汉遣乌孙公主嫁昆弥,念其行道思慕,使工人知音者裁琴、筝、筑、箜篌之属,作马上之乐。观其器……以方语目之,故云琵琶。"
⑤ 弦解语:解语,能语。

辽阳驿使音尘绝。⑥

琐窗寒轻拢慢捻，

泪珠盈睫。

推手含情还却手，

一抹《梁州》哀彻。⑦

千古事云飞烟灭。

贺老定场无消息，

想沉香亭北繁华歇。⑧

弹到此，

为呜咽。⑨

⑥ 辽阳：唐人乐府以为极北戍边之地。
⑦ "推手"二句：推手、却手、一抹都是琵琶弹奏手法；《梁州》：曲名。
⑧ 贺老定场：唐开元中，贺怀智善琵琶。沉香亭北：唐代长安城内兴庆宫，距外郭城东垣宫之正门，北有龙池，池东有沉香亭。
⑨ 结尾句以盛唐繁华云飞烟灭暗喻北宋灭亡情景。

点　评　这是一首咏琵琶的词作,大约作于淳熙九年(1182),作者被弹劾罢官,刚回到信州(今上饶)带湖新居闲住之际。故满腔义愤无处发泄,一片感慨便不觉在咏物中喷薄而出。

全词历举琵琶故事与怨思有关者,以托其忧国之情。用赋体,虽亦铺陈胪列,然而层次特别清晰。换片以下,曲曲折折,至"珠泪盈睫"已经荡气回肠;及至"一抹《梁州》哀彻",已如四弦一声如裂帛。最后"千古事云飞烟灭"到"繁华歇",结束琵琶鼓点,而以无限感慨收场,忧国之情无以复加矣。是一篇模仿赋体的咏物杰作。

赏　析　明·陈霆《渚山堂词话》卷二：辛稼轩词，或议其多用事，而欠流便。予览其琵琶一词，则此论未足凭也。《贺新郎》云……此篇用事最多，然圆转流丽，不为事所使，称是妙手。

今·顾随《稼轩词说》：试看换头以下曲曲折折，写到"轻拢慢捻""推手""却手"，已是回肠荡气；及至"一抹《梁州》哀彻"，真是四弦一声如裂帛，又如高渐离易水击筑，字字俱作变徵之声。若是别人，从开端至此，费尽气力，好容易挣得一片家缘，不知要如何爱惜维护，兢兢业业，惟恐失去。然而稼轩却紧钉一句："千古事云飞烟灭。"这自然不是"曲终人不见，江上数峰青"。但是七宝楼台，一拳粉碎，此是何等手段，何等胸襟。

清　任伯年　《群仙祝寿图》（局部）

水龙吟

甲辰岁，寿韩南涧尚书

渡江天马南来，①

几人真是经纶手？②

长安父老，

新亭风景，

可怜依旧。③

夷甫诸人，④

神州沉陆，⑤

几曾回首？

算平戎万里，⑥

功名本是，

① 渡江天马南来：《晋书·元帝纪》："太安之际，童谣云：'五马浮渡江，一马化为龙。'……是岁王室沦覆，帝与西阳、汝南、南顿、彭城五王获济，而帝竟登大位焉。"这是成语"五马渡江"的由来，指西晋末司马氏南渡长江，建立东晋。作者以此比附宋室南迁。
② 经纶手：指才华足以经理天下大计的人物。
③ "长安父老"三句，用桓温北征的典故，比喻南宋人们对山河废弃的感慨。
④ 夷甫：晋时王衍字，桓温曾指责他应为北方沦陷负责。
⑤ 沉陆：指国亡。
⑥ 算：此用于句首，如"盖""殆"之类概括语。平戎万里：万里之外平定戎虏。戎：北方少数民族。

真儒事,

公知否?

况有文章山斗⑦,

对桐阴满庭清昼⑧。

当年堕地⑨,

而今试看,

风云奔走。

绿野风烟,

平泉草木,

东山歌酒。

待他年整顿,

乾坤事了,

为先生寿。

⑦ 山斗:泰山北斗。
⑧ 满庭清昼:是说韩氏家族多出栋梁人才。
⑨ 堕地:指出生。

点　评　　甲辰岁，为孝宗淳熙十一年（1184），作者四十五岁，寓居上饶带湖，为居于同郡的友人韩元吉六十七岁生日而作。宋人祝寿屡用词，多用祝人神仙富贵寿考一类言语，而这首词则不落窠臼，开篇即就南宋当局所面对的民族压迫问题发表评论，立意高出侪辈。而作者举谢安、裴度、李德裕为例，大概因其所寿者韩南涧虽以功名为平生志向，然而大功未立，所以才在词中从痛责两朝当政者的平庸无能入手，愿其效仿前贤，功成而身退。词人以恢复中原为己任，敦促志同道合者共同奋斗。奖友朋以风义，进家族于兴邦，词人将世俗的贺寿词写出了大格局、大意义。

赏　析　明·张綖《草堂诗余别录》：稼轩此词为韩南涧寿，可谓高笔。尝谓词有二体：巧思者贵精工，宠才者尚豪放。人或不能兼，若幼安"罗帐灯昏，哽咽梦中语""怨春不语，算只有殷勤画檐蛛网，尽日惹飞絮"之类，绸缪情语，少游无以过。若"君莫舞，君不见玉环飞燕皆尘土""座中豪气，看君一饮千石"及此词之类，高怀跌宕，则又东坡之流亚也。

今·邓广铭《辛弃疾传》：对于任何一个有可能参预南宋政府的军政大计的人，他总是首先把收拾山河、整顿乾坤的使命向他们提出。例如，在为韩元吉祝寿的《水龙吟》词中，他说道："待他年整顿乾坤事了，为先生寿。"

柴門深掩雪洋洋，榾柮爐頭煮酒香最是
詩人安穩處，一編文字一爐香
唐寅

明 唐寅 《柴門掩雪圖》

满江红

送李正之提刑入蜀

蜀道登天,

一杯送绣衣行客。
　　　①

还自叹中年多病,

不堪离别。

东北看惊诸葛表,
　②

西南更草相如檄。
　　　　③

把功名收拾付君侯,

如椽笔。
　④

① 绣衣行客:指李大正所任提刑官,此官在汉代正是武帝时期创立,职在分部捕盗的绣衣使者。
② 东北:专指北方的曹魏。看惊:惊看。诸葛上表北伐,曹魏心惊。喻李氏韬略使金人夺气。
③ 西南更草相如檄:司马相如有《喻巴蜀檄》。
④ 收拾:整理、整顿。把功名收拾付君侯:意把建树功名的事业一起托付给你。椽(chuán):屋梁。

儿女泪,

君休滴。

荆楚路,

吾能说。
　㊄

要新诗准备,

庐山山色。

赤壁矶头千古浪,
　　㊅

铜鞮陌上三更月。
　　㊆

正梅花万里雪深时,

须相忆。

㊄ 荆楚路,吾能说:作者仕宦时期多次担任湖北湖南京西诸路地方官,这次李大正赴任所经过,正是作者曾经去过的地方。

㊅ 赤壁矶:在今湖北省黄冈市西北,苏轼误以为周瑜破曹操之处。曾为此地作《前后赤壁赋》,并写下著名的《念奴娇·赤壁怀古》词。

㊆ 铜鞮陌上三更月:铜鞮坊在郡城山南东道楼左,楚人好唱《白铜鞮》词,因以名坊。

点　评　李正之，名大正，建安人，淳熙八年（1181）任提点铸钱公事，与作者为友。淳熙十一年（1184）自知南安军（今江西省大余县）改任利路提刑（掌刑狱及监察官吏等事）。赴任途中访辛弃疾于上饶，乃赋此词送别。

作者此时无官禄，寓居江南，故在这首送别词中，没有涉及平生所念念不忘的抗金事业，而是以诚挚直白的笔调、饱满热烈的感情，与友人互诉衷肠，传达惜别期盼之意。词中虽未谈及抗金，却谈功名、谈报国、谈友情、谈行程。因之，此词最能体现作者词的本色风范，具有较强的艺术感染力。

赏　析　明·李濂《稼轩长短句》评语：壮哉。

明·卓人月《古今词统》卷一二：诸葛《表》与相如《檄》，俱切蜀事。

清·陈廷焯《白雨斋词话》卷六：稼轩《满江红》（送李正之提刑入蜀）云："东北看惊诸葛表，西南更草相如檄。把功名收拾付君侯，如椽笔。"又云："赤壁矶头千古浪，铜鞮陌上三更月。正梅花万里雪深时，须相忆。"龙吟虎啸之中，却有多少和缓。不善学之，狂呼叫嚣，流弊何极？

清·陈廷焯《词则·放歌集》卷一：气魄之大，突过东坡，古今更无敌手。其下笔时，早已目无余子矣。龙吟虎啸。

明　仇英　《人物故事图·明妃出塞》

破阵子

为陈同甫赋壮词以寄之

醉里挑灯看剑,

梦回吹角连营。①

八百里分麾下炙,②

五十弦翻塞外声。③

沙场秋点兵。④

马作的卢飞快,⑤

弓如霹雳弦惊。

了却君王天下事,

赢得生前身后名。⑥

可怜白发生!

① 梦回吹角连营:被连营的角声惊醒。
② 八百里:指牛。分麾下炙:把熟牛肉分赏给部下。
③ 五十弦:原指瑟,古代有一种瑟有五十根弦。词中泛指军中乐器。
④ 沙场:指战场。
⑤ 的卢:三国时刘备之马。
⑥ "了却"二句,了却君王天下事,刘禹锡《送唐舍人出镇闽中》诗:"了却人间婚嫁事,复归朝右作公卿。"此句模仿刘诗。生前身后名,杨万里《寄题周元吉左司山居三咏》诗:"生前身后名兼饮,二事何曾有重轻。"

点 评 陈同甫,名亮,婺州(今金华)永康人,是南宋著名的爱国学者,作者的好友。其在政治上力主恢复,是当时最坚定的抗金斗士之一。淳熙十年(1183),他自家乡给作者写一封信,说要在这年秋天到上饶相访,但后来因事并未成行。作者特为其作壮词一首,以激励其抗金斗志。

全词仅十句,前九句是想象自己统率千军万马,杀向塞外,在秋天的沙场上检阅军容的情景。开端气势突起,凌厉逼人,而至最后一句却意境突变,用"可怜白发生"五个字无情地打碎了这一梦呓,戛然而止,回归现实,章法安排别具匠心。由前后对比突出了理想与现实的强烈反差。

赏　析　清·陈廷焯《云韶集》卷五：字字跳掷而出，"沙场"五字，起一片秋声，沉雄悲壮，凌轹千古。

今·梁启超《饮冰室评词》：无限感慨，哀同甫亦自哀也。

今·夏承焘、游止水《辛弃疾》：这首词依谱式应在"沙场秋点兵"句分片，依内容前九句为一意，末句"可怜白发生"另为一意。前九句写军容之盛和意气之豪，写建功立业的雄心和希望，都是想望之词，末句五字，却是现实情况，完全否定了前面的九句。前九句写得酣恣淋漓，正为加重末五字失望之情。

清　陈枚　《山水楼阁图》

丑奴儿

少年不识愁滋味,
①

爱上层楼。

爱上层楼,

为赋新词强说愁。
②

而今识尽愁滋味,

欲说还休。
③

欲说还休,

却道"天凉好个秋"!
④

① 愁滋味:宋黄公度《菩萨蛮》词:"眉尖早识愁滋味,娇羞未解论心事。"
② 强说:无病呻吟之意。
③ 欲说还休:宋李清照《凤凰台上忆吹箫》词:"生怕离怀别苦,多少事、欲说还休。"这首词是前片不说愁,后片是强不说愁。
④ 好个秋:口语,言好一个秋天。

点　评　这首小词以"愁"字为主题，书写作者在人生饱经风雨坎坷之后的深刻变化：从善于说愁到欲说还休，从少年意气风发不言愁到成熟老练饱谙艰难。全篇通用口语，把人生体验、平生阅历，以浅白有味的语言道出。考其作年，当在淳熙十二三年带湖闲居时期。

赏　析　明·李濂《稼轩长短句》评语：识尽世情，方有此语。

明·卓人月《古今词统》：前是强说，后是强不说。

今·吴则虞《辛弃疾词选集》：此谙尽世情有阅历感慨之言。上片是强说。"爱上层楼"，自寻烦恼，为强说之本。下片"欲说还休"，是强不说。"天凉好个秋"，秋光宜人，正须及时行乐，犹其《一枝花·醉中戏作》云："怕有人来，人道'今朝中酒。'"同为推开之词。即所谓不作庄语，"王顾左右而言他"也。怨而不怒，可以观，可以怨。

元　盛懋　《秋溪钓艇图》

生查子

独游雨岩

溪边照影行,

天在清溪底。

天上有行云,

人在行云里。

高歌谁和余?

空谷清音起。
　　①
非鬼亦非仙,
　　②
一曲桃花水。
　　③

① 空谷清音起:北宋黄庭坚《次韵王炳之惠玉板纸》》:"王侯须若缘坡竹,哦诗清风起空谷。"
② 非鬼亦非仙:宋苏轼《夜泛西湖五绝》诗:"湖光非鬼亦非仙,风恬浪静光满川。"
③ 桃花水:农历二三月桃花盛开时,黄河中下游水量激增,称为桃花水,即桃花汛。

点　评　本词幽韵奇绝,写景,亦写趣,突出"独游"二字。作者在雨岩周边的小溪旁前行,一个人照影溪中,又似人行天上,在天上云中行走。极写天空人影的交融。观察入微,动静相配,写出一番通透幽邃之景,描画出山水之神。

雨岩,在永丰县(今上饶广丰区)博山寺西南,为一处突出的山岩,有洞,遇山雨即流如飞泉,故称雨岩。自淳熙后期起,辛弃疾来往于上饶、永丰之间,时时留滞于博山,作《水龙吟·赋雨岩》等词。这篇"独游雨岩"词就是其中一首。

赏　析　今·辛更儒：桃花春水泛滥,在每年的仲春季节,春水丰满,才形成了天上的行云、溪边的人影一齐映照在溪水中的情景。这就是作者所描写的"独游雨岩"所见到的美景。

清新如画,别有风味。作者写溪边漫步所见所闻,一片凄清幽静的调子,颇似王维的小诗"独坐幽篁里",又颇似柳宗元"永州八记"中的《小石潭记》,从中正可领略到作者隐藏在山水清音中的幽怨。

三首用同韵的《生查子》词,既都编在淳熙十四年的春季,且所咏皆为青山、青溪,应当是同一组词,而非四卷本丁集、乙集作题目的"西岩"。据雍正《江西通志》卷一一一载:"西岩在府城南八十里,岩有石,如钟覆地,内有悬石如螺,滴水。宋洪刍有诗,今剥落不可读。刍游信州,岩峒奇者甚多,有记,见艺文。"西岩今在上饶南六十里铁山乡境内,虽山岩拔起,景物幽丽,我也曾亲至其地。然与方志所载的景色对照,与临溪的雨岩实为不类,疑作者二词所写,俱非西岩,故此不用四卷本的题目,而沿用广信书院本作雨岩之题。(《辛弃疾全集评注》)

南宋　佚名　《草堂消夏图》

清平乐

独宿博山王氏庵

绕床饥鼠,
①
蝙蝠翻灯舞。
②
屋上松风吹急雨,
破纸窗间自语。

平生塞北江南,
③
归来华发苍颜。
④
布被秋宵梦觉,
眼前万里江山。
⑤

① 绕床饥鼠:唐李商隐《夜半》诗:"斗鼠上床蝙蝠出,玉琴时动倚窗弦。"群鼠绕床攀缘,是因为饥饿。
② 蝙蝠翻灯舞:蝙蝠奔光亮,所以绕灯火而飞舞。
③ 平生塞北江南:作者南归前,曾受祖父派遣两次去燕京(即今北京)观察形势,这是作者所到的最北之地。而其南归之后,所经、所仕宦之地,无非江南地区。
④ 华发苍颜:头发苍白,面容苍老。
⑤ 这两句是说秋夜梦醒,眼前依稀是梦中的万里江山。

点　评　作于信州带湖时期，作者当时常往来于博山道中。王氏庵，王姓家的草庐，时已荒废。

这首词是写作者在一个风雨交加的秋夜独自投宿王氏小屋时的经历和感受。这是一个独立的山间斗室，上片集中描写王氏庵的荒废、残破、凄寂难堪。这样的环境最易引发行客对个人身世的悲感。而作者就是一个人在这夜半的空山中惊醒，环顾周围，忆念平生，坐待天明。万里江山入梦来，英雄志士的一生，都是为了祖国万里河山而奋斗，此志未曾一刻忘却。

赏 析　清·陈廷焯《词则·放歌集》卷一：短调中笔势飞舞，辟易千人。结尾更悲壮精警，读稼轩词胜读魏武诗也。

今·龙沐勋《词曲概论》：尽管他寄情山水，陶醉于农村生活，但梦寐不忘少年鞍马，一直抱着积极态度，到死方休。

今·吴则虞《辛弃疾词选集》：此前阕写庵内荒秽之境，后阕则抒己之怨愤。"绕床饥鼠"二句，写室内饥鼠跳荡，虽有一盏孤灯，而蝙蝠乱飞，竟至翻灯。"屋上松风吹急雨"二句，写室外风雨骤至，打入室内，窗棂上破纸扇动有声，犹如自语，实为荒秽不治，久无人居的古屋。后阕写暮年萧瑟之思。"平生"二句，稼轩少年时曾两随使吏北抵燕山，南归以后忽忽三、四十年，华发苍颜，皤然老矣。"布被秋宵""万里江山"，正有壮心未已之概。

清　陈枚　《山水楼阁图》

鹧鸪天

鹅湖归,病起作

枕簟溪堂冷欲秋,
①
断云依水晚来收。
②
红莲相倚浑如醉,
白鸟无言定自愁。

书咄咄,
③
且休休,
④
一丘一壑也风流。
不知筋力衰多少,
但觉新来懒上楼。

① 簟(diàn):凉席。溪堂:临水的房子。冷欲秋:因作者生病,故感觉溪堂冷如秋日。
② 断云:指漂浮在湖面上的孤云。
③ 书咄咄:《世说新语·黜免》:"殷中军被废,在信安,终日恒书空作字。扬州吏民寻义逐之,窃视,唯作'咄咄怪事'四字而已。"殷中军,即殷浩,曾以中军将军率师北伐,兵败,被桓温废为庶人。咄咄,叹诧声。
④ 且休休:《旧唐书·文苑传》:"司空图字表圣,本临淮人。……图有先人别墅在中条山之王官谷,泉石林亭,颇称幽栖之趣。……晚年为文,尤事放达。尝拟白居易《醉吟传》为《休休亭记》,曰:'……更名曰休休。休休也,美也,既休而具美存焉。'"

点　评　　鹅湖，是江西铅山县北的一座山峰，山顶积水成湖，风景优美。作者谪居铅山、鹅湖一带近二十年，于淳熙十四年(1187)游鹅湖而归，因病在带湖休息，写下这首词作。

　　上片所写，是病后所见：时值盛夏，时常下雨，故低云徘徊在湖面上；再看湖上，红莲与白鸟相映成趣。作者擅写色彩，浓云黯淡，但红莲与白鸟明亮，像一幅夏晚雨霁湖景图，且是水彩作法。下片是写作者此时此地的情感波动。被废的殷浩与隐居的司空图，正是作者此时的写照。而身体多病，筋力衰减，词人徒发壮士暮年的悲叹。功业不就，老将至矣。这是古往今来很多仁人志士的共同悲哀。

赏　析　明·李濂《稼轩长短句》评语：以下五阕皆天然流出，不事雕刻，老手，老手。（另为同调"指点""着意""翠木""困不"阕）

清·陈廷焯《白雨斋词话》卷一：余所爱者，如"红莲相倚浑如醉，白鸟无言定自愁"，又"不知筋力衰多少，但觉新来懒上楼"……信笔写去，格调自苍劲，意味自深厚。不必剑拔弩张，洞穿已过七札，斯为绝技。

今·俞陛云《唐五代两宋词选释》：人之由壮而衰，积渐而不自觉，迨懒上高楼，始知老之将至，如一叶落而知秋至矣。故"红莲""白鸟"，风物本佳，而自倦眼观之，觉花鸟皆逊前神采。

清 佚名 《雍正十二月行乐图·六月纳凉》

清平乐

村居

茅檐低小,
①
溪上青青草。
醉里吴音相媚好,
②
白发谁家翁媪?
③

大儿锄豆溪东,
中儿正织鸡笼。
最喜小儿亡赖,
④
溪头卧剥莲蓬。

① 茅檐:茅屋的屋檐。
② 吴音:吴指江东一带,旧为吴地,故民间用吴地方言,《姑苏志》卷一三:"吴音清柔,歌则窈窕洞彻。"相媚好:互相逗趣、取乐。
③ 翁媪:老公公、老婆婆,指父母。
④ 小儿亡赖:此处指小孩顽皮,淘气。亡:通"无"。

点　评　这是一首写农村生活场景的短篇小词。作者选取的是上饶一家农户的日常活动，有茅檐，有溪水，有家中白发二老，以及小儿三兄弟——两个正在辛勤劳作，一个却在快乐地享受美食。作者极善描写人物，用短短四十六个字，就活画出朴实农民的田园乐趣图景。下片所写三个小儿的行迹，系从汉代乐府诗《相逢行》中的"大妇织绮罗，中妇织流黄。小妇无所为，挟瑟上高堂"脱化而出，但天然生动，全不见丝毫模拟的痕迹。

赏　析　宋·张侃《跋拣词》：古乐府有《三息》诗，杜工部用于诗，辛待制用于词，各臻其妙。

今·吴则虞《辛弃疾词选集》："茅檐低小"写农家茅屋，"青青草"写茅屋门前景。"醉里吴音"二句，写此农家白发老夫妇且饮且谈，而言语是吴音，正是北人看法。……"大儿""中儿"二句，写出农家孩童之耕作。"小儿亡赖"二句，画出小儿幼稚之象，天真可掬，可作图画看也。

清 吴历 《云白山青图》（局部）

八声甘州

夜读《李广传》，不能寐，因念晁楚老、杨民瞻约同居山间，戏用李广事，赋以寄之

故将军饮罢夜归来，
①

长亭解雕鞍。
②

恨灞陵醉尉，

匆匆未识，

桃李无言。

射虎山横一骑，

裂石响惊弦。

落魄封侯事，

岁晚田园。
③

① 故将军：指汉代名将李广。
② 解雕鞍：卸下精美的马鞍，指下马。
③ 李广虽与匈奴战，却未得封侯，后因行军延误被迫自杀（未能晚年家居田园以善终）。

谁向桑麻杜曲?

要短衣匹马,

移住南山。

看风流慷慨,

谈笑过残年。

汉开边功名万里,
　　　　④

甚当时健者也曾闲?
　　　⑤

纱窗外,

斜风细雨,

一阵轻寒。

---

④ 汉开边功名万里:汉武帝时,正当开拓疆土,英雄于万里外创建功名之际。
⑤ 甚当时健者也曾闲:在一个恢复失地急需人才的历史时期,作者被迫在带湖长久闲居,所以才要在这首词中大声疾呼,问个为什么。

点　评　作者夜读《史记·李将军列传》，感触良多，至不能成眠。想到上饶友人晁楚老、杨民瞻都曾与作者相约，同住山间。现在作者已在山间居住，而二友未能如约，于是用李广的事迹戏赠二人，因作此词。

作者在上片选取了李广家居蓝田和射虎等事，抒发了他对李广不封的同情。下片则引用唐杜甫的《曲江二首》诗，把李广所经历的不平引向自己的际遇，表达英雄失意的慨叹。全词涉及的话题沉重压抑，而且逐层加强，到了不能负荷的程度，突然释负就轻，富有张力，艺术感染力极强。

赏　析　今·顾随《稼轩词说》:《白雨斋词话》曰:"辛稼轩,词中之龙也。"因忽忆及小说一则:一龙堕入塘中,极力腾踔,数尺辄坠,泥涂满身,蝇集鳞甲。凡三日。忽风雨冥晦,霹雳一声,龙便掣空而去云云。苦水读辛词,虽不完全肯《白雨斋词话》,但于此《八声甘州》一章,却不能不联想到小说中所写之堕龙。看他开端二语,夭矫而来,真与一条活龙相似。但逐句读去,便觉此龙渐渐堕落下去。匆匆者何也?或是草草之意耶?匆匆未识,以词论之,殊未见佳。"桃李无言",虽出《史记·李广传》后之"太史公曰",用之此处,不独隔,亦近凑。落魄两句便是因地一声堕入泥中。《传》中明说,李广不言家产事,"田园"二字,作何着落?换头云"谁向桑麻杜曲",是又不事田园也。"短衣匹马"出杜诗,是说看李将军射虎,非说李将军射虎也。"匹马"字与前片"雕鞍"字、"一骑"字重复,是龙在塘中,泥涂满身,蝇集鳞甲时也。"风流慷慨,谈笑过残年",纵然极力腾踔,仍是不数尺而坠。直至"汉开边"十五个字,方是风雨晦冥,霹雳一声,掣空而去。龙终究是龙,不是泥鳅耳。至"纱窗外,斜风细雨,一阵轻寒",则是满天云雾,神龙见首不见尾矣。

明　文徵明　《浒溪草堂图》（局部）

鹧鸪天

代人赋

陌上柔桑破嫩芽,①

东邻蚕种已生些。②

平冈细草鸣黄犊,③

斜日寒林点暮鸦。④

山远近,

路横斜,

青旗沽酒有人家。⑤

城中桃李愁风雨,

春在溪头荠菜花。⑥

① 陌上柔桑:古乐府有《陌上桑》歌。破嫩芽:桑树已发出幼芽。
② 生些:言已生少许。些,语助词。
③ 平冈细草:平坦的小山上一片绿草。
④ 斜日寒林点暮鸦:略感寒冷的树林,飞落一群归巢的乌鸦。
⑤ 青旗沽酒:唐白居易《杭州春望》诗:"红袖织绫夸柿蒂,青旗沽酒趁梨花。"
⑥ 春在溪头荠菜花:言春天的气息活跃在溪头荠菜花上。

点　评　这是一首"春日即事"词，写乡村景物，是作者寓居带湖期间的精品。宋代词人所写农村词，能以朴素的语言，描绘农民的日常生活，抒发对农村的热爱，传达作者诚挚的感情。这首词表明，作者习惯了乡居生活的恬淡，已融入淳朴的农民群体中，因而更加厌倦城市生活的纷扰和嚣乱。作者在乡间小路上漫步，处处感受到春意盎然，充满生机活力，以城中桃李作比，传达春天之美在此处而不在彼处、生命的价值在此处而不在彼处的意旨。

赏　析　　清·陈廷焯《词则·放歌集》卷一："城中"二语,有多少感慨,信笔写去,格调自苍劲,意味自深厚,有不可强而致者,放翁、改之、竹山学之,已成效颦,何论余子?

今·俞陛云《唐五代两宋词选释》：稼轩集中多雄慨之词,纵横之笔,此调乃闲放自适,如听雄笳急鼓之余,忽闻渔唱在水烟深处,为之意远。

今·刘永济《唐五代两宋词简析》：此词乃作才退居时所作。词中鲜明画出一幅农村生活图像,而末尾二句,可见作者之人生观。

今·吴则虞《辛弃疾词选集》：写江南乡村风色,关心农人勤苦之词也。……春在野而不在城,此显然深有寄慨。

明　仇英　《人物故事图·吹箫引凤》

江神子

和陈仁和韵

宝钗飞凤鬓惊鸾,
①　　　②

望重欢,

水云宽。

肠断新来,
　　③

翠被粉香残。
④

待得来时春尽也,

梅结子,

笋成竿。

① 宝钗飞凤:即凤钗。
② 惊鸾:同"飞凤"皆状宝钗之形。
③ 新来:近来。
④ 翠被:以翠羽装饰的被子。

湘筠帘卷泪痕斑。
⑤

佩声闲,

玉垂环。

个里温柔,
⑥

容我老其间。

却笑生平三羽箭,

何日去,

定天山?
⑦

⑤ 湘筠:即湘竹,又称斑竹。
⑥ 个里:此中。
⑦ 言处温柔乡中,虽有三箭定天山之本事,却不能如薛仁贵立功边塞。这里的笑是自嘲的笑,此三句与前面的柔情相融合,不显突兀。顾随所谓稼轩词"以健笔写柔情",此即其例。

点　评　　陈仁和，名光宗，曾任职于临安府仁和县，作者好友。这首词的上片以陈光宗的家庭和感情生活为主题，写其不幸，是对他的同情和爱惜。下片则对友人家庭的幸福表示祝愿，并且鼓励友人在温柔乡里不要忘记平生的志向。据辛弃疾另一首送陈仁和自便东归的《永遇乐》词题所载，陈光宗贬至上饶后，不幸妻亡，在上饶复又娶妻，转年得子，所以赋词庆贺。词既是写友人陈光宗的家庭和爱情，而全词结尾处的"却笑生平三羽箭"三句，则又是对友人的鼓励。这三句励志语，却也将作者一生志愿概括无余。

赏　析　宋·李濂《稼轩长短句》评语：以下二词并有风致。

今·顾随《稼轩词说》：步线行针，左右逢源，直似原唱，技术之高，固已绝伦。而性情之真，尤见本色。只如"待得来时"十三个字，又是值得读者身死气绝底句子也。

今·顾随《稼轩词心解》：辛不能写景，感情太热烈，说着说着自己就进去了。如其《江城子》（宝钗飞凤）上片：……"水云宽"岂非写景，而"望重欢"是写情；"翠被粉香残"是景，而"肠断新来"是情胜过景；"梅结子，笋成竿"是景，而"待得来时春尽也"是情。情注入景，诗中尚有老杜、魏武，词中无人能及。他感情丰富，力量充足，他哪有心情去写景？写景的心情要恬淡、安闲，稼轩的感情、力量，都使他闲不住。

清 梅清 《鸣弦泉图》

洞仙歌

访泉于奇师村,得周氏泉,为赋

飞流万壑,

共千岩争秀。

孤负平生弄泉手。
①

叹轻衫短帽,
②

几许红尘?

还自喜,
③

濯发沧浪依旧。
④

人生行乐耳,

身后虚名,

① 孤负:同"辜负"。
② 轻衫短帽:常人穿着,此处指作者罢职还乡后的装束。
③ 还自喜:还能庆幸的。
④ 濯发沧浪:是说寓居上饶城中,尚不免沾惹如许红尘,应当移居更为偏僻之期思村里。

何似生前一杯酒?

便此地结吾庐,

待学渊明,

更手种门前五柳。
　　　⑤

且归去父老约重来,

问如此青山,

定重来否?
　⑥

---

⑤ 便此地结吾庐,待学渊明,更手种门前五柳:《宋书·隐逸传·陶潜传》:"潜少有高趣,尝著《五柳先生传》以自况,曰:'先生不知何许人,不详姓字,宅边有五柳树,因以为号焉。……裋褐穿结,箪瓢屡空,晏如也。'"。后因以"五柳"作为陶潜的代称,并用作咏隐居高士的典故。

⑥ 定:能。定重来否:能重来吗?

点　评　奇师村，旧称奇狮，又称期思，在上饶西南铅山东约十三公里。周氏泉，其地原属于周藻、周芸兄弟之产业，后为辛弃疾购得，改名为瓢泉。访泉，辛弃疾寓居带湖期间，不满意上饶多山少泉，曾在词中写有"多方为渴泉寻遍"的词句（《玉楼春·隐湖戏作》）。淳熙十三年（1186）以后，他在铅山县东南寻得周氏泉，特地写下这首词以自贺。

作者曾说，他自己本来就是一位"弄泉手"，爱泉水是天性。这与他的家乡济南被称为"泉城"有关。久在尘世沾染了不少尘土，他要用泉水洗涤身上的污垢，向陶渊明学习，在此地过简朴的生活。

赏　析　清·陈廷焯《词则·放歌集》卷一：于萧散中见笔力。

今·夏承焘、游止水《辛弃疾》：词题里的奇师，就是奇思。上片说：这个山上，有秀丽清奇的流水和岩石，像我这样好游山水的人，却几乎交臂失之。我自己虽然长久生活在红尘里，但还要保持自己的清白，可以来此濯发照影。下片用古人成语"身后名，不如生前一杯酒"，是表达他那时被迫退休、愤懑不平的心情的。他说要学陶潜的归隐，但他的心情是和陶潜并不相同的。

明　陈洪绶　《林亭清话图》

贺新郎

陈同甫自东阳来过余，留十日，与之同游鹅湖。且会朱晦庵于紫溪，不至，飘然东归。既别之明日，余意中殊恋恋，复欲追路，至鹭鸶林，则雪深泥滑，不得前矣。独饮方村，怅然久之，颇恨挽留之不遂也。夜半投宿吴氏泉湖四望楼，闻邻笛悲甚，为赋《乳燕飞》以见意。又五日，同甫书来索词，心所同然者如此，可发千里一笑

把酒长亭说。①

看渊明风流酷似，

卧龙诸葛。②

何处飞来林间鹊，

蹙踏松梢残雪。③

要破帽多添华发。④

剩水残山无态度，

被疏梅料理成风月。⑤

两三雁，⑥

也萧瑟。

① 把酒长亭说：这是写在上饶驿亭送别陈亮的情景。
② 看渊明风流酷似，卧龙诸葛：这是以陶渊明在柴桑隐居的风范气度与未出茅庐的诸葛亮比拟陈亮。
③ 蹙踏：同"蹴踏"，把残雪踩在脚下。
④ 要破帽多添华发：林鹊踢落下的残雪落在作者的破帽处，像露出了白头发。
⑤ 料理：收拾整理。成风月：指整合成一种风景。冬日的青山河流被冰雪覆盖，而余下的山水也失去了姿容风度。
⑥ 雁：喻抗金志士。

佳人重约还轻别。

怅清江天寒不渡,
　⑦

水深冰合。
　　⑧

路断车轮生四角,
　⑨

此地行人销骨。

问谁使君来愁绝?

铸就而今相思错,
　⑩

料当初费尽人间铁。

长夜笛,

莫吹裂。

⑦ 清江:指辛弃疾追别陈亮所到达的泸溪河。
⑧ 冰合:言河冰已冻结。
⑨ 路断车轮生四角:这是路途中断、车辆无法前行的文雅说法。
⑩ 《通鉴》记载晚唐罗绍威惮于朱全忠的威逼,竭力将治下的物产全部供应朱氏军队,造成治下残破,而朱氏壮大的恶果,罗后悔曰:"合六州四十三县铁,不能为此错也。"此处活用,指二人友谊之坚牢。

点　评　　淳熙十五年(1188)冬,陈亮自婺州(东阳郡)永康县来访作者于上饶。陈亮是一个才华横溢而一生志在恢复中原的爱国志士,曾以布衣身份六次上书,皆主北伐恢复。他与作者的友谊建立在共同的理想之上。这次上饶之会,两人格外重视,也因此成为当时的一段佳话。词前小序情文并茂,交代了作词的原委,已经感人至深。词中所写的山河残破、壮志难酬、同道凋零之痛,就气势、笔力而言,可称千古绝唱。"铸就而今相思错,料当初费尽人间铁",设想奇特,是写友情坚固不摧的名句、奇句,可供人寻味。

赏　析　明·卓人月《古今词统》卷一六：两美必合，是为双跃之龙；两雄并栖，将有一伤之虎。使稼轩、龙川得行其志，相遇中原，吾未卜其何如也。

清·李佳《左庵词话》卷上：辛稼轩词，慷慨豪放，一时无两，为词家别调。集中多寓意之作……"剩水残山无态度，被疏梅料理成风月。两三雁，也萧瑟。"此类甚多，皆为北狩南渡而言，以是见词不徒作，岂仅批风咏月？

今·俞陛云《唐五代两宋词选释》：通首劲气直达中不使一平笔，学稼轩者，非徒放浪通脱，便能学步也。

今·吴则虞《辛弃疾词选集》：此词本事题中甚详，其时在淳熙十五年之冬。后来稼轩祭同父文有"而今而后，欲与同父憩鹅湖之清阴，酌瓢泉而共饮，长歌相答，极论世事，可复得耶"之语，即谓此时之会。

明　唐寅　《震泽烟树图》

贺新郎

同甫见和,再用韵答之

老大那堪说?①

似而今元龙臭味,②

孟公瓜葛。③

我病君来高歌饮,

惊散楼头飞雪。

笑富贵千钧如发。④

硬语盘空谁来听?⑤

记当时只有西窗月。

重进酒,

换鸣瑟。⑥

① 老大:口语,如老夫者。说:指评论。
② 似而今:如今日。元龙:陈登字。陈登与刘备相互推崇。臭味:即气味,气、类相通,指作者与陈亮同心同德。
③ 孟公:汉代陈遵,字孟公。好客,笃于友伦。瓜葛:有所附丽,这里是说交游中只有陈亮为挚友。
④ 笑富贵千钧如发:一钧为三十斤,此句言,别人看重的富贵,在二人看来,不过是危如用一发引千钧。
⑤ 硬语:指二人的豪迈言论。盘空:盘绕空中。
⑥ 重进酒:乐府杂曲有《将进酒》曲。换鸣瑟:换一种乐器演奏。

事无两样人心别。
⑦

问渠侬神州毕竟，
⑧

几番离合？

汗血盐车无人顾，
⑨

千里空收骏骨。

正目断关河路绝。

我最怜君中宵舞，
⑩

道男儿到死心如铁。

看试手，

补天裂！

⑦ 人心别：各人的心思有所不同。
⑧ 渠侬：这些人，他们。指南宋当局。
⑨ 汗血：汗血马。
⑩ 怜：爱重。中宵舞：用东晋祖逖闻鸡起舞的典故。

点　评　辛弃疾作别词送陈亮后，陈亮有和章，以简洁的语言阐明抗金大计，表达不能忍受祖国分裂的坚定信念。作者看到答词，再次写下这首同调词。

这首词上片是在记事中抒情。作者认为，他和陈亮的友谊，建立在处世理念相同的基础上，即对富贵是危机有同感，而且两人都反对当时弄权干政的宦竖佞幸。下片以议论兼抒情为主。作者认为，南宋投降派置祖国分裂于不顾，压制排挤抗金派，是神州离析的罪魁祸首。作者虽然为时局忧虑，但仍然表达了"试手补天裂"的决心，在令人悲愤的氛围中展现出奋发有为的豪情。

赏　析　宋·陈亮《贺新郎·酬辛幼安再用韵见寄》：离乱从头说。爱吾民金缯不爱，蔓藤累葛。壮气尽消人脆好，冠盖阴山观雪。亏杀我，一星星发。涕出女吴成倒转，问鲁为齐弱何年月？丘也幸，由之瑟。　斩新换出旗麾别。把当时，一桩大义，拆开收合。据地一呼吾往矣，万里摇肢动骨。这话霸只成痴绝。天地洪炉谁扇鞴？算于中，安得长坚铁！泚水破，关东裂。

今·吴则虞《辛弃疾词选集》：此稼轩再用韵答同父和者。开首"老大那堪说"一语，有无穷往事，不堪重诉之感，接以"臭味""瓜葛"二句，以见生平。"我病君来高歌饮"诸句，回忆鹅湖之会。上片慷慨有余悲矣，后阕则纵论大势。……结以"看试手，补天裂"，则谓此非空谈，当见之实事。

129

清　徐扬　《玉带桥诗意图》（局部）

西江月

夜行黄沙道中

明月别枝惊鹊,
①
清风半夜鸣蝉。

稻花香里说丰年,

听取蛙声一片。
②

七八个星天外,

两三点雨山前。

旧时茅店社林边,
③
路转溪桥忽见。

① 别枝:鹊受惊而离枝。
② 听取:听到。取为语助词,如"着"之类。
③ 茅店:在今江西省上饶市广信区黄沙岭乡北半公里溪边,今茅店村名犹在。此溪由北而南流入泸溪。社为祭土地神社,春秋两季于第五个戊日设祭。立社种树成林,为社林。

点　评　黄沙岭乡，在上饶西约二十公里处，茅店村在其北，淳熙间作者曾在此小住读书，有读书堂。自此向北，有古道通上饶，西南通铅山，此即词题之黄沙道。

作者寓居带湖期间，曾多次前往黄沙书院，小词所写，即为其中一次夜行，为黄沙岭的夜景。平常的景物，却被作者捕捉到，成为着意摹写的画面。作者能用优美平淡的语言述来，栩栩如生，活灵活现，让人感叹词人组织语言的能力、描绘生活的笔力之深厚。

赏　析　清·陈廷焯《词则·别调集》卷二：所闻所见，信手拈来，都成异采，总由笔力胜故也。

今·顾随《稼轩词说》：但曰"清风半夜鸣蝉"，则簇簇新底稼轩词法也。而此尚非稼轩之绝致也。至"稻花香里说丰年，听取蛙声一片"，则苦水虽曰古今词人唯有稼轩能道，亦不为过。……稼轩之词，固以意胜。

今·吴则虞《辛弃疾词选集》：此写乡间夜行之景。"旧时茅店"二语，的是行路所见。

明　唐寅　《溪山渔隐图》（局部）

水龙吟

过南剑双溪楼

举头西北浮云,

倚天万里须长剑。
　①

人言此地,

夜深长见,

斗牛光焰。
　②

我觉山高,
　③

潭空水冷,

月明星淡。

待燃犀下看,
　　④

凭栏却怕,

① 倚天万里须长剑:作者在双溪楼上发兴,因双峰而倚天长剑上抉西北浮云的联想,所喻示的是恢复中原的壮志。
② 斗牛:二十八宿的斗宿与牛宿。
③ 山高:剑津有九峰山,郡境诸峰之冠。
④ 待:打算,想要。燃犀:点燃犀角。

风雷怒,

鱼龙惨。
　⑤

峡束苍江对起,

过危楼欲飞还敛。
　　⑥
元龙老矣,

不妨高卧,

冰壶凉簟。
　⑦
千古兴亡,

百年悲笑,

一时登览。

问何人又卸,

片帆沙岸,

系斜阳缆?
　⑧

⑤ 鱼龙:指水中怪物,暗喻朝中阻遏抗战的小人。惨:惨淡,悽惨。
⑥ 这两句写出双溪阁上所见,激流冲击双峰不成,只能徐徐北流的样子。实际上是借周围的环境,喻示壮志同现实之间的冲突。
⑦ 冰壶:玉壶如冰。这三句是说,陈登虽有远大志向,然而年纪已大,大业无成,不妨高卧百尺楼,饮冰壶之水,卧凉簟之席。直言胸怀落拓,意兴阑珊。
⑧ 眼下又有一船靠岸停泊,在斜阳下系缆。

点　评　福建路的南剑州,即今福建省南平市,剑溪、西溪交汇于此。双溪楼,在府城外的剑津上。辛弃疾绍熙间宦闽地期间,曾两次经过南剑。词上片是登楼所见,是历史与现实的对比;下片即景抒情,结合双溪汇合的气势与作者壮志难伸的胸怀来写,抒发怀古伤时、悲己笑人的感慨。从词中感发千古兴亡、百年悲笑且事业难成的主题看,此词颇类似《水龙吟·登建康赏心亭》,只不过全篇以幽隐曲折的笔法来表现,与前篇的正面流露有所不同。

赏　析　清·周济《宋四家词选》：欲扶浮云，必须长剑。长剑不可得出，安得不恨鱼龙？

清·陈廷焯《云韶集》卷五：词直气盛，宝光焰焰，笔阵横扫千军。雄奇之景，非此雄奇之笔，不能写得如此精神。

今·叶嘉莹《论辛弃疾词》：这首词可以说就是辛弃疾在结合了景物与古典两方面的素材，把内心之两种互相冲击的力量，表现得极为曲折也极为形象化的一首好词。

明　唐寅　《看泉听风图》

水龙吟

用些语再题瓢泉，歌以饮客，声韵甚谐，客皆为之釂

听兮清佩琼瑶些。①

明兮镜秋毫些。

君无去此，

流昏涨腻，
②

生蓬蒿些。

虎豹甘人，

渴而饮汝，

宁猿猱些？
③

大而流江海，

覆舟如芥，
④

君无助，

① 清佩琼瑶：写山水注入瓢泉之水声。兮、些，都是语助词。
② 昏：同"浑"。
③ 宁：岂，疑问词。猱（náo）：猿类。全句意思是虎豹食人，渴了饮清泉，岂是猿猱与人无害之类？不要为虎豹之流所用。
④ 芥：秋菜。这四句言瓢泉不须流入江海，以推波助澜，颠覆舟楫。

狂涛些!

路险兮山高些。

愧余独处无聊些。

冬槽春盎,
　㊄

归来为我,

制松醪些。
　㊅

其外芳芬,

团龙片凤,

煮云膏些。
　㊆

古人兮既往,

嗟余之乐,

乐箪瓢些。
　　㊇

㊄ 冬槽:冬日酒坊。春盎:代指酒。
㊅ 松醪(láo):亦酒名。
㊆ 团龙片凤:茶名。云膏:形容茶的软滑之状。
㊇ 乐箪瓢:出自《论语·雍也》:"一箪食,一瓢饮,在陋巷,人不堪其忧,回也不改其乐。"箪,盛饭用的圆竹筒。

点　评　淳熙末，作者寓居铅山瓢泉时，曾赋《水龙吟·题瓢泉》词，阐发作者寓居瓢泉的意义和价值。绍熙五年（1194），作者再到期思卜筑，又赋瓢泉，这次运用了《楚辞·招魂》体，结句都用"些"韵。作者的尝试取得了不错的效果，歌唱起来声韵和谐。节奏感强，宾客皆饮酒助兴。从内容上看，此词也在模仿《招魂》，但不是自招，而是为瓢泉招魂，希望瓢泉保持其纯洁的品质。本词句法新奇，属于创格。

赏 析 宋·李濂《稼轩长短句》评语：奇作。

明·杨慎《词品》卷二：蒋捷有效稼轩招落梅魂《水龙吟》一首，……其词幽秀古艳，迥出纤冶秾华之外，可爱也。

明·卓人月《古今词统》卷一四：当与《醉翁操》同诵。

今·顾随《稼轩词心解》：以体制论，自有《水龙吟》来，无有此等作。

清　陈枚　《月曼清游图·琼台玩月》

木兰花慢

中秋饮酒将旦，客谓前人诗词，有赋待月，无送月者，因用《天问》体赋

可怜今夕月，①

向何处，

去悠悠？

是别有人间，

那边才见，

光影东头？②

是天外空汗漫，③

但长风浩浩送中秋？

飞镜无根谁系？

姮娥不嫁谁留？

① 可怜：可惜。
② 是别有人间：指月落处。那边才见，光影东头：月落处是否有另一个世界。这边太阳落下，恰在另一个世界的东边升起。
③ 汗漫：广阔无垠，指天外的广大空间。

谓经海底问无由,

恍惚使人愁。
④

怕万里长鲸,

纵横触破,

玉殿琼楼。
⑤

虾蟆故堪浴水,

问云何玉兔解沉浮?
⑥

若道都齐无恙,
⑦

云何渐渐如钩?
⑧

④ 谓经海底问无由,恍惚使人愁:听说月是经从海底的,却无从查起;这个说法模糊不清,使人发愁。
⑤ 怕万里长鲸,纵横触破,玉殿琼楼:这是作者接续上句的推想。万里大海有巨大的鲸,怕它纵横冲撞,把月宫中的玉殿琼楼给撞坏了。
⑥ 云何:为什么。解:能。问白兔何以能于水里沉浮。
⑦ 若道:如果说。都齐:全都。无恙:指虾蟆和玉兔二物入水之后都安然无恙。
⑧ 云何渐渐如钩:指中秋之后,月将渐渐由盈转缺。

点　评　这首《木兰花慢》词作于庆元中,据词题所云,是中秋夜饮,将至天明,有客人说前人没有送月诗,作者就用《天问》体写下这首送月词。

此词不仅对月球是否绕地提出问题,还通过对月中神话传说的质疑,传达了一种维系万物的人文关怀。全词创意新颖,想象奇特,发问合理,具有很高的艺术成就。

赏　析　今·王国维《人间词话》：稼轩中秋饮酒达旦，用《天问》体作《木兰花慢》以送月，曰："可怜今夕月，向何处，去悠悠？是别有人间，那边才见，光影东头？"词人想象，直悟月轮绕地球之理，与科学家密合，可谓神悟。

明　仇英　《桃花源图》（局部）

鹧鸪天

读渊明诗不能去手，戏作小词以送之

晚岁躬耕不怨贫，①
只鸡斗酒聚比邻。
都无晋宋之间事，②
自是羲皇以上人。

千载后，
百篇存，
更无一字不清真。③
若教王谢诸郎在，
未抵柴桑陌上尘。④

① 陶渊明归耕，以及忧道不忧贫，在其诗中皆有表现。《癸卯岁始春怀古田舍二首》诗："先师有遗训，忧道不忧贫。"
② 都无：倘若没有。
③ 清真：指陶诗独具的一种风格，清新纯真。以"清真"标举陶诗的风格，见于北宋苏轼《和陶饮酒二十首》诗："江左风流人，醉中亦求名。渊明独清真，谈笑得此生。"
④ "若教"二句，王谢诸郎：指晋永嘉之乱后南迁金陵的王导、谢安两大望族。柴桑：在今江西省九江市西南，为陶潜居地。

点　评　庆元中期,作者写了多首《鹧鸪天》词明志,如"自古人最可嗟""出处从来不自由"等,均寄寓讥评时事、愤世嫉俗之意,此为其中之一。

庆元党禁以来,作者虽居深山,却十分关心时局的变化,对于当政的韩侂胄一党和赵汝愚、朱熹一党的争斗不能超然忘怀。作者多次以陶渊明自比,而陶渊明居乱世,避世局外,高风亮节,创作出一批高情绝俗的文学作品,立德立言,使江左王、谢所建树的功名大为逊色。词人在隐逸生活的描写中似有不甘之心,以文字为事业,此生真的无憾吗?读者可从字里行间反复品味词人含而未发的隐微情绪。

赏　析　今·邓广铭《稼轩词编年笺注》："都无"当作"倘无"解。陶渊明生于东晋末年，卒于刘宋初年。其时内多篡弑之祸，而北方则先后分处于十六国统治下。渊明《与子俨等疏》虽云"五六月中北窗下卧，遇凉风暂至，自谓是羲皇上人"，然于《拟古》诗中有"饥食首阳薇，渴饮易水流"句，于《读山海经》十三首中有"精卫衔微木，将以填沧海"句，皆寓有愤世之意。盖晋宋之间既世局多故，亦殊不能全然与世相忘。故稼轩作此设词，以为若无晋宋之间事，则彼自是羲皇以上人耳。

北宋　赵佶　《瑞鹤图》

六州歌头

属得疾,暴甚,医者莫晓其状。小愈,困卧无聊,戏作以自释

晨来问疾,
①

有鹤止庭隅。

吾语汝:

只三事,

太愁余,

病难扶。

手种青松树,

碍梅坞,

妨花径,

才数尺,

如人立,

① 问疾:询问病情。

却须锄。

秋水堂前,②

曲沼明于镜,③

可烛眉须。

被山头急雨,

耕垄灌泥涂。④

谁使吾庐,

映污渠?⑤

叹青山好,

檐外竹,

遮欲尽,

有还无?⑥

删竹去,

吾乍可,

② 秋水堂:在今江西省上饶市铅山县稼轩乡横畈村,南距瓢泉约半公里。据考,横畈期思岭下即辛弃疾秋水堂遗址。
③ 曲沼明于镜:此词曲沼,应即期思岭下新开之池,后世称之为蛤蟆塘者。塘明于镜,可照见须眉。
④ 山头急雨裹挟田垄中的泥土,灌入曲沼中。
⑤ 映污渠:唐韩愈《符读书城南》诗:"二十渐乖张,清沟映污渠。"
⑥ "叹青"四句,言青山虽好,却被檐外竹林遮尽,青山似有还无。

食无鱼,

爱扶疏。
　⑦

又欲为山计,

千百虑,

累吾躯。

凡病此,

吾过矣,

子奚如?
　⑧

口不能言臆对,
　　　⑨

虽卢扁药石难除。
　　⑩

有要言妙道,

往问北山愚,

庶有瘳乎?
　⑪

⑦ "删竹"四句,言砍去竹子,我又宁可食无鱼,也爱竹林的扶疏。

⑧ 奚如:何如。

⑨ 口不能言臆对:《鵩鸟赋》:"请问于鵩兮:'予去何之?吉乎告我,凶言其灾,淹速之度兮,语予其期。'鵩乃叹息,举首奋翼;口不能言,请对以臆……"

⑩ 卢扁:即古代名医扁鹊,因家于卢国,故又名"卢扁"。

⑪ 庶有瘳乎:《庄子·人间世》:"回尝闻之夫子曰:'治国去之,乱国就之,医门多疾。'愿以所闻思其则,庶几其国有瘳乎?"

点　评　　汉代贾谊作《鵩鸟赋》,言有鵩鸟止于座隅,占卜的结果是:主人将去。于是主人问鵩吉凶祸福,鵩不能答,乃以意代答,言人生若浮、死若休的道理。作者此词写在大病初愈之后,借用赋的体例结构,写自身山居生活的困惑。全词假托与鹤的对话,列举三件心病:种松与赏梅的矛盾;雨水污染曲沼;爱山与爱竹的矛盾。欲以自释而未果。或只能学习愚公,不计较是非,才能了却烦恼吧。词人的忧烦,其实皆在于被闲置的处境,全词并没有指明,但读者不难体会得出。

赏　析　宋·李濂《稼轩长短句》评语：惟高逸之二乃有此趣。

明·卓人月《古今词统》：松难锄，沼难清，竹难删，此三者乃曰累，可见天下事无问大小、轻重、道俗，一切着心不得。

明·沈际飞《草堂诗余》别集：直作一篇说。又：松欲锄难锄，沼欲清难清，竹欲删难删，此等正累心处。此等曰累，可知天下事，无问大小轻重道俗，一切着心不得。

今·吴则虞《辛弃疾词选集》：结韵语愤而无痕迹，此真所谓婉而约也。夫婉约者，岂作小妮子态者所独有哉！

158　辛弃疾词选

南宋　刘松年　《山馆读书图》

西江月

遣兴

醉里且贪欢笑,

要愁那得工夫?
①

近来始觉古人书,

信著全无是处。
②

昨夜松边醉倒,

问松"我醉何如"?

只疑松动要来扶,

以手推松曰"去"。
③

① 贪:贪图。要愁那得工夫:没时间忧愁,所以要珍惜这难得的欢乐。
② "近来"二句,《孟子·尽心下》:"尽信书则不如无书。吾于《武成》,取二三策而已矣。仁人无敌于天下,以至仁伐至不仁,而何其血之流杵也?"信著:信任标著。
③ "只疑"二句,《汉书·龚胜传》:"博士夏侯常见胜应禄不和,起至胜前,谓曰:'宜如奏所言。'胜以手推常,曰:'去。'"辛词脱此。王安石《自遣》诗:"闭户欲推愁,愁终不肯去。"

点 评 词从上片醉中的欢笑、古人书的不可信赖,直到下片的醉态、醉中所为,所言所为都是针对当权的统治集团而言。社会现实黑暗,真理扭曲,是非颠倒,言行虚伪,以致作者觉得连古书也不那么可靠。这所说的"近来"之事所指当就是庆元中期以后所实行的党禁和学禁。以上种种,如果直说出来,则不过慨叹"世道日非"而已。但词人曲笔达意,正话反说,便有咀嚼不尽之味。上片四句有叙有议,下片则全为叙事。描写人松之间的对话和物我相互之推扶,表现了词人耿介、旷达的性格。

赏　析　宋·李濂《稼轩长短句》评语：清狂老子,好作奇怪语。

今·顾随《稼轩词心解》："俳体",含笑而谈真理,使读者听了有趣,可是内容是严肃的。……前一首(醉里且贪欢笑)颇似小儿天真。世人有思想者多计较是非,无思想者多计较利害,无论是非或利害都是苦,只有小儿无是非、利害,只是兴之所至,尽力去办,此是最富于诗味的游戏。

今·夏承焘、游止水《辛弃疾》：词跟文还有不同,散文的表现方法,一般人不敢用到词里去。辛弃疾打破了这两者界限,进一步开拓词的境界。像《西江月》……这里完全用散文的问答体写词,但仍符合词的韵律,不同于散文诗。

清　王原祁　《桃源春昼图》

浣溪沙

父老争言雨水匀，

眉头不似去年颦。
①

殷勤谢却甑中尘。
②

啼鸟有时能劝客，

小桃无赖已撩人。
③

梨花也作白头新。
④

① 颦：皱眉。
② 殷勤：频频。谢却：告别。
③ 无赖：无聊，无事。小桃树长出嫩枝，迎风摆动，如在挑逗人。
④ 白头新：指梨树新长出的白花。《汉书·邹阳传》："白头如新，倾盖如故。"

点　评　这首词用同调《偕杜叔高吴子似宿山寺戏作》韵,当同前词并作于庆元六年(1200)。六句写农村,以入春后风调雨顺为切入点,表现了父老乡亲对丰收的企盼和寄托。上片从老农的诉说入手,写尽农民生活的艰辛,对生计的最低企求及容易满足的心理。下片通过春日生机勃勃的景物,表达作者的喜悦,对农民生活得以改善由衷地高兴。语言朴实清新,拟人写物,具有感染力。

赏 析 宋·卓人月《古今词统》卷四：少游"晓阴无赖"，稼轩"小桃无赖"，一闷一喜。

今·吴则虞《辛弃疾词选集》：上片喜雨悯农，下片写春景。"桃花欲动雨留人"犹不及此"小桃"句之清。"无赖""撩"，皆炼而不炼。写桃已尽，更写梨花，"撩人"已极诣，更言"白头新"益浑厚，意更新。稼轩词念念不忘抗金恢复旧土，人争诵之。其念念不忘生民者复多，忧民之忧，乐民之乐，此尤可贵者也，因表出之。按："走到邓州无脚力，桃花初动雨留人"，陈与义《邓州西轩十首》诗句。

贺新郎

题傅君用山园

曾与东山约。①

为鯈鱼从容分得,

清泉一勺。

堪笑高人读书处,

多少松窗竹阁,

甚长被游人占却?②

万卷何言达时用,③

士方穷、早与人同乐。

新种得,

几花药!

---

① 东山约:《晋书·谢安传》:"安虽受朝寄,然东山之志始末不渝,每形于言色。"
② 甚:何,怎么。
③ 万卷:读书万卷。何言:何必一定要。

山头怪石蹲秋鹗。
④

俯人间尘埃野马，

孤撑高攫。

拄杖危亭扶未到，
⑤

已觉云生两脚。

更换却朝来毛发。

此地千年曾物化，

莫呼猿、且自多招鹤。
⑥

吾亦有，

一丘壑。

④ 山头怪石蹲秋鹗：鹗，性凶猛，背褐腹白，捕食鱼类，俗称鱼鹰。秋天是鸷鸟击抟之时，故称秋鹗。
⑤ 危亭：山上的高亭。
⑥ 呼猿：《舆地纪胜·临安府》："呼猿洞在武林山。有僧长啸呼，猿即至。"

点　评　傅君用名商弼,铅山县鹅湖乡东洋人,辛弃疾好友。傅君用的山园,位于铅山县南两公里(即今铅山县永平镇南)傅家山,铅山河流经其前。庆元四年(1198),辛弃疾为友人赵达夫赋东山园小鲁亭时,曾对赵达夫"放怀岩壑,若将终身"大加称颂,写下"把似未垂功名泪,算何如且作溪山主"的名句。现在,他题写傅君用山园,先从东山写起:"曾与东山约。为儵鱼从容分得,清泉一勺。"儵鱼出游,即《庄子》所载庄、惠之间的那篇关于"鱼乐谁知"问题的讨论。士虽穷,却如东晋的退休宰相谢安那样,仍然要与人同乐。下片用想象之笔将山园描绘成神仙洞天,充分体现词人的"胸中丘壑"。

赏　析　宋·张镃《贺新郎·次辛稼轩韵寄呈》词：邂逅非专约。记当年林堂对竹，艳歌春酌。一笑乘鸾明月影，余事丹青麟阁。待宇宙长绳穿却。念我中原空有梦，渺风尘万里迷长乐。愁易老，欠灵药。　别来几度霜天鹗。厌纷纷吞腥啄腐，狗偷乌攫。东晋风流兼慷慨，公自阳春有脚。妙悟处不存毫发。何日相从云水去，看精神峭紧芝田鹤。书壮语，遍岩壑。按：兹录张镃次韵之作，对比欣赏。

明 吕纪 《桂菊山禽图》

念奴娇

重九席上

龙山何处?①

记当年高会,

重阳佳节。

谁与老兵供一笑?②

落帽参军华发。③

莫倚忘怀,

西风也解,

点检尊前客。④

凄凉今古,

眼中三两飞蝶。

① 龙山:在江陵西北,桓温九日登高,孟嘉落帽处。
② 谁与老兵供一笑:老兵指桓温,谢奕称桓温为老兵。
③ 落帽参军:指孟嘉。此言,当西风吹堕孟嘉帽时,露出华发,为温所嘲笑。
④ "莫倚忘怀"三句,言投靠老兵的人,休以为被大家忘记了,西风也能从席上众人中检选可戏弄之人。

须信采菊东篱,
ⓢ

高情千载,

只有陶彭泽。

爱说琴中如得趣,
⑥

弦上何劳声切?

试把空杯,

翁还肯道:

何必杯中物?
⑦

临风一笑,

请翁同醉今夕。

⑤ 须信:须知。
⑥ 爱说:口语,喜欢说,喜言,乐言。
⑦ "试把空杯"三句,是对上两句的质疑,玩笑话。其意言陶潜曾说琴中如果得趣,何必一定要在琴弦上发出声音?照此推理,如果所举的是空杯,那陶公会不会说:举杯得趣,何必杯中有酒?

点　评　历代赋咏重九，大都引用孟嘉和陶渊明的典故，此词也不例外。但是，词中却给予两个历史人物以新意。自宋宁宗即位以来，韩侂胄当政，罗引一些趋炎附势的文人，恣意而为，朝政和风俗因此大坏。孟嘉虽为名士，却也被桓温笼络为幕僚。宋人罗大经和王象之都在其著作中明白无误地指出，词中"谁与老兵供一笑"，是影射当世人物。

赏　析　今·顾随《稼轩词说》卷上：此词起得不见得有甚好，为是重九席上，所以又只好如此起。迤逦写来，到得"谁与老兵共一笑，落帽参军华发"两句，便已透得些子消息。老兵者谁？昔之桓温，今之稼轩也。……英雄心事，诗人手眼，悲天悯人，动心忍性，而出之以蕴藉清淡，若向此等处会得，始不辜负这老汉；若一味向卤莽灭裂处求之，便到驴年也不会也。

今·吴则虞《辛弃疾词选集》："当年高会"，用晋人典，亦有所属。"西风也解"，颇有升沉兴衰之感。"三两飞蝶"与"两三雁也萧瑟"，用意用语略同，皆所以状幽寂。……稼轩喜以禅机入词，俊雅且不充于浑俗。此中且有名理家意。"临风一笑"一结，看来现成，然不如此结，则全阕撑不起。

清 王时敏 《云峰树色图》

鹧鸪天

有客慨然谈功名，因追念少年时事，戏作

壮岁旌旗拥万夫①，

锦襜突骑渡江初②。

燕兵夜娖银胡䩮③④，

汉箭朝飞金仆姑⑤。

追往事，

叹今吾⑥，

春风不染白髭须。

却将万字平戎策⑦，

换得东家种树书⑧。

① 壮岁旌旗拥万夫：辛弃疾二十岁出头，就以二千人投耿京，至南渡时麾下殆已至万人。
② 突骑：言能冲突军阵。
③ 燕兵：金兵。
④ 娖：整其队而不发。胡䩮：箭囊。
⑤ 金仆姑：矢名。这两句是说当年入金营擒张安国时，宋兵和金兵以箭互射。
⑥ 今吾：今天之我。
⑦ 平戎策：辛弃疾南渡以后，屡献大计，拟对金军进行攻击，见于文集，尚有《美芹十论》《九议》等著作。
⑧ 东家：邻居。种树书：《史记·秦始皇本纪》："非博士官所职，天下敢有藏《诗》《书》百家语者，悉诣守、尉杂烧之。……所不去者，医药、卜筮、种树之书。"

点　评　庆元六年（1200）之前，作者曾在某些词作中痛斥庆元党禁以来士子热衷求仕以谋取功名的言行，如言"谈功名者舞""功名只道无之不乐，那知有更堪忧"等。作者本是功名之士，他反感功名，只是针对党禁以来韩侂胄党羽所实行的压迫政策而言。到了嘉泰以后，韩党放松党禁，长期遭受党禁禁锢及被牵连的功名之士遂萌复出之念。此时有客来谈功名，作者遂追念少年旧事，回忆那时的抗金英雄行为，写下这首壮词。开头对战斗场面的描写，有声有色，生气勃勃，很有感染力。

赏　析　　宋·李濂《稼轩长短句》评语:老骥伏枥之志,奚啻千里耶?

清·陈廷焯《白雨斋词话》卷一:稼轩《鹧鸪天》云:"却将万字平戎策,换得东家种树书。"哀而壮,得毋有烈士暮年之慨耶?

今·龙沐勋《词曲概论》:这烈士暮年的感慨,也概括了他的一生,音调沉雄,辞句简练,确不愧为一时的杰作。

今·吴则虞《辛弃疾词选集》:此词前阕写少年时代之英雄气概,后阕则写壮志难伸,投老空山之愤慨心情。

清　王翚　《唐寅诗意图》

临江仙

壬戌岁生日书怀

六十三年无限事,

从头悔恨难追。

已知六十二年非。①

只应今日是,

后日又寻思。

少是多非惟有酒,②

何须过后方知?

从今休似去年时。③

病中留客饮,

醉里和人诗。

① 已知六十二年非:《淮南子·原道训》:"蘧伯玉年五十而知四十九年非。何者?先者难为知,而后者易为攻也。"
② 少是多非惟有酒:韩愈《遣兴》诗:"断送一生惟有酒,寻思百计不如闲。"
③ 从今休似去年时:崔涯《悼妓》诗:"赤板桥西小竹篱,槿花还似去年时。"

点　评　壬戌,就是嘉泰二年(1202)。这年的五月十一日,是辛弃疾六十三岁生日。为庆祝生辰,作者特写这首词以抒发情怀。

从绍熙五年(1194)七月宋宁宗即位以来,外戚韩侂胄通过压制排挤内部反对势力,控制政权,即庆元党禁。至嘉泰二年,韩侂胄欲取消党禁,团结国内力量,准备对金采取攻势。自是年二月恢复赵汝愚职名开始,党禁渐渐松弛。辛弃疾一生都在关注时局的变化。庆元末,他已经恢复了官职,当此之时,他以平常的心态察觉到这一切,不免在心中充满了希望。这首词就是在这种境遇之下写就的一首抒怀词。

赏　析　今·范洪杰：本词属自寿词，省去了他寿词中的祝寿套语，以自我表达为词旨。词的上片追忆往昔，将起义抗金、率众南归、上疏议政、以文会友等大小事件尽数抹去，以"无限事"概括六十三年中发生的一切。作者对旧事颇有悔意，下片展望将来，愿与友朋饮酒、共醉、作诗，聊以慰藉。全词关联过去、现在、未来，充溢着人事缺憾之感，书写了以诗酒醉己、全身避祸的寿日感兴。

近代　于非闇　《红梅鹓鸰图》

贺新郎

别茂嘉十二弟。鹈鴂杜鹃实两种,见《离骚补注》

绿树听鹈鴂,①

更那堪鹧鸪声住,

杜鹃声切!

啼到春归无寻处,

苦恨芳菲都歇。②

算未抵人间离别。

马上琵琶关塞黑,

更长门翠辇辞金阙。③

看燕燕,

送归妾。

① 鹈鴂(tí jué):伯劳鸟。更那堪:还怎能忍受。
② 苦恨:深恨。芳菲:花的香气,指花。
③ 更长门翠辇辞金阙:此言汉武帝陈皇后失宠,别金阙而入长门宫。

将军百战身名裂。
④

向河梁回头万里,

故人长绝。

易水萧萧西风冷,

满座衣冠似雪。

正壮士悲歌未彻。
⑤

啼鸟还知如许恨,

料不啼清泪长啼血。
⑥

谁共我,

醉明月?

④ 将军百战身名裂:汉时李陵有广之风,使将八百骑,深入匈奴不敌而被迫投降。汉武帝于是"族陵家,母弟妻子皆伏诛",陇西士大夫以李氏为愧。

⑤ 彻:歌毕。

⑥ 还知:如知,倘知。料不啼清泪长啼血:相传杜鹃一名子规,苦啼,啼血不止,夜啼达旦,血渍草木。

点　评　茂嘉十二弟，即辛弃疾族弟辛勷，十二为其兄弟间的排行。此词应为嘉泰初春送辛勷赴北方近边之地为官时所作。作者先从鹧鸪的啼鸣写起，写到杜鹃送春，啼声凄切，但也比不上古来生离死别的痛苦为前引，写出令人一恸长绝的送别四事：王昭君辞别金阙、庄姜送归妾戴妫、李陵河梁回望、荆轲易水西风。最后则以啼鸟"还知如许恨，料不啼清泪长啼血"为结语，通过史上离别诸事的苍凉悲壮，点出悲恨之深实在于人心，在于志士之失志，与家国之痛，极具感染力，能够激励出历史的责任感和为民族事业献身的战斗精神。

赏 析 宋·陈模《怀古录》卷中：故稼轩归本朝，晚年词笔尤好。尝作《贺新郎》，……此词尽集许多怨事，全与太白《拟恨赋》手段相似。

清·沈雄《古今词话》下："黑"，易安李清照词"守着窗儿，独自怎生得黑"《声声慢》，幼安辛弃疾词"马上琵琶关塞黑"《贺新郎·别茂嘉十二弟》。张端义《贵耳集》曰，此"黑"字不许第二人押。

清·陈廷焯《白雨斋词话》卷一：稼轩词自以《贺新郎》一篇为冠。沉郁苍凉，跳跃动荡，古今无此笔力。

清·周济《宋四家词选》：上片北都旧恨，下片南渡新恨。

清·王培荀《乡园忆旧录》卷四：此词集许多怨事，与李太白《恨赋》相似。昔岳珂讥其用事太多，究竟大气包举，不觉累坠。如项王用兵，纵横莫当，其气盛也。

今·王国维《人间词话删稿》：稼轩《贺新郎》送茂嘉十二弟，章法绝妙，且语语有境界，此能品而几于神者，然非有意为之，故后人不能学也。

北宋 赵佶 《溪山秋色图》

临江仙

苍壁初开,传闻过实。客有来观者,意其如积翠、清风、岩石、玲珑之胜,既见之,乃独为是突兀而止也,大笑而去。主人戏下一转语,为苍壁解嘲

莫笑吾家苍壁小,

棱层势欲摩空。
　　①

相知惟有主人翁。

有心雄泰华,
　　②

无意巧玲珑。
　　③

天作高山谁得料?
　　　　　④

《解嘲》试倩扬雄。
　　　⑤

君看当日仲尼穷。
　　　⑥

从人贤子贡,
①⑦

自欲学周公。

① 棱层:亦作"稜层",高峻突兀,同嶙峋。摩空:凌空。
② 雄泰华:与泰山与华山比雄伟。
③ 无意巧玲珑:崇仁有玲珑山,以奇巧闻名。
④ 谁得料:谁能料。
⑤ 倩:请。此言请作者自我解嘲。
⑥ 君看当日仲尼穷:相传孔子穷困于陈国、蔡国之间,七日没有生火做饭。
⑦ 从人:任人。

点　评　　辛弃疾自淳熙九年（1182）寓居信州以后，寻奇览胜，多为石英石一类岩壁。辛弃疾在这首词中虽力为苍壁解嘲，却并没有用写实的笔法，去详尽描绘苍壁的雄姿如何与他石不同。他认为，这块奇石，面积虽不大，但体势凌空，志存高远，有心与崇高泰山、华山争雄。显然，这是作者以奇石寄托理想信念的作品，且为自己当前的困境解嘲。该词笔调新颖奇特，不失诙谐之味。

赏　析　今·邓广铭《稼轩词编年笺注》:《临江仙》题中以苍壁与赵晋臣积翠岩相比拟,知为移居瓢泉之晚期所作。

今·谢永芳:因客笑苍壁而效扬雄驳难解嘲,针对现实而发。人怜小巧玲珑,我爱"嶙峋突兀";人笑苍壁平实无奇,我独赏其峥嵘摩空之势,独会其争雄泰华之意。通过对照,揭出词人不同流俗的审美观和不甘人后的奇志壮怀。下片再就古今人事加以评说。天赐苍壁,初不为人赏识;而孔丘生时也不为人知,以至有"子贡贤于仲尼"之说,但他终成千古一圣。由此可见,上下片归结到一点,即托物寄意,借石明志。

贺新郎

邑中园亭,仆皆为赋此词。一日独坐停云,水声山色,竞来相娱。意溪山欲援例者,遂作数语,庶几仿佛渊明思亲友之意云

甚矣吾衰矣。

怅平生交游零落,

只今余几?

白发空垂三千丈,

一笑人间万事。
　　　①

问何物能令公喜?
　　　　　②

我见青山多妩媚,
　　　　　③

料青山见我应如是。
　　　　　④

情与貌,

略相似。

① 一笑人间万事:言从此笑对人间万事,不再为之发愁。
② 公:原指桓温,此自谓。
③ 妩媚:美好动人。
④ 料青山见我应如是:想必青山见我,也同我见青山一样。言青山与我为知己。

一尊搔首东窗里。

想渊明《停云》诗就,
　㊄

此时风味。

江左沉酣求名者,
　㊅

岂识浊醪妙理?

回首叫云飞风起。
　㊆

不恨古人吾不见,

恨古人不见吾狂耳。
　　　㊇

知我者,

二三子。

㊄ 东晋陶渊明《停云》诗序:"停云,思亲友也。"就:刚写完。
㊅ 北宋苏轼《和陶饮酒二十首》诗:"道丧士失己,出语辄不情。江左风流人,醉中亦求名。渊明独清真,谈笑得此生。"
㊆ 西汉刘邦《大风歌》:大风起兮云飞扬,威加海内兮归故乡,安得猛士兮守四方?
㊇ 《南齐书·张融传》:"融善草书……常叹云:'不恨我不见古人,所恨古人又不见我。'"辛词由此脱出。

点　评　这首词写于嘉泰元年（1201）春。停云堂，在期思秋水堂北的一座山上，山下有溪泉，山水争前相娱，其意就如同请求作者再写一首歌咏停云的词章。停云，本是陶渊明表达思亲友之意的诗歌意象，作者于是依陶诗原意写下本词，是作者晚年得意的作品。突出表现了作者调动散文语言，使之融化于歌词的能力。所用《语》《传》、古诗原文，稍加改动便脱化入词，妥帖、自然，而无斧凿痕迹。

赏　析　明·卓人月《古今词统》卷一六：此词稼轩自拟彭泽诗意，然彭泽一爵酒如，二爵闲如，此则"坎坎鼓我，蹲蹲舞我"矣。

明·沈际飞《草堂诗余》别集卷四：稼轩每宴，辄命侍妓歌此，拊髀自笑，坐客叹誉，如出一口。岳亦斋云："待制词句，豪视一世，独首尾二腔，警语相似。"稼轩慨然曰："夫君实中予痼。"乃咏改其语，不知改者若何，惜未见之。

今·顾随《稼轩词心解》："思亲友"，陶公是思人，思志同道合者；辛之"仿佛思亲友"是象征的，思山，思水亦是念志同道合者。词中"白发空垂"，言一事无成。而"一笑人间万事"，真是稼轩。

明 仇英 《人物故事图·高山流水》

西江月

示儿曹,以家事付之

万事云烟忽过,
百年蒲柳先衰。①
而今何事最相宜?
宜醉宜游宜睡。②

早趁催科了纳,③
更量出入收支。
乃翁依旧管些儿:④⑤
管竹管山管水。

① "万事"二句:言万事如云烟过眼,而自己也像入秋的蒲柳渐见衰老。《世说新语·言语》:"顾悦与简文同年,而发早白。简文曰:'卿何以先白?'对曰:'蒲柳之姿,望秋而落;松柏之质,经霜弥茂。'"
② "而今"二句:谓自己如今最宜醉酒、游玩、睡觉。
③ 早趁:先趁,提前,趁早。催科:催收租税。了纳:纳完了赋税。
④ 乃翁:你等之父。
⑤ 些儿:一些。

点　评　　嘉泰元年（1201），作者六十二岁，儿辈早已成人，作者把家事相托，自己不再为家庭琐务操心，写下这首词做个交代。但这首词又并不是简单的示儿词，作者在一个普通的题材中，寓示对时事的不满，有着自强不息、不愿依附于人的深刻含义。

赏　析　明·卓人月《古今词统》卷四：杨诚斋词："一道官衔清彻骨，别有监临主守。主管清风，监临明月，兼管栽花柳。"当与稼轩相视而笑。

今·顾随《稼轩词心解》：稼轩此二首"俳体"，非讽刺，而颇近于爱抚。尤其后一首"示儿曹，以家事付之"，此爱不仅是对其子女，对自己亦有点儿爱抚。

今·吴则虞《辛弃疾词选集》：此词说明不复再有用世之心。宜醉、宜游、宜睡，是不宜入仕也。管竹、管山、管水，只管风景不管家计。国事他人了之，家事儿曹了之。此类词与杨诚斋诗境有相近处。

元 赵雍 《马戏图》（局部）

卜算子

千古李将军,

夺得胡儿马。

李蔡为人在下中,

却是封侯者。
　　①

芸草去陈根,

笕竹添新瓦。
　　②

万一朝家举力田,

舍我其谁也?
　　③

① 《史记·李将军列传》:"广之从弟李蔡,与广俱事孝文帝。……蔡为人在下中,名声出广下甚远,然广不得爵邑,官不过九卿,而蔡为列侯,位至三公。"
② 笕竹:以打通竹节的竹管通水灌溉。添新瓦:指接头处覆以新瓦。
③ 舍我其谁也:《孟子·公孙丑下》:"夫天未欲平治天下也,如欲平治天下,当今之世,舍我其谁也?"

点　评　庆元六年（1200），作者作了六首以"马"字为韵的《卜算子》词，这是其中一首。六首词全都采用散手化的笔法，是一组抒发感受、斥责时事的词作。本篇上片借汉代李广、李蔡兄弟的不同遭遇，指斥南宋当局任用佞幸，反将人才弃置不用的行径。下片写勤于农务，如果朝廷选拔种田高手，恐怕非我莫属了。上、下片对此，令人感慨，作者的自伤之意，也从词面上透出。无论是用典，还是设譬，这首小令都写得极为简练，体现了作者驾驭语言艺术的高超能力。

赏　析　清·先著、程洪《词洁辑评》卷一：南渡以后名家，长词虽极雕镂，小调不能不敛手。以其工出力外，无可着力也。稼轩本色自见，亦足赏心。

今·吴则虞《辛弃疾词选集》：前阕惜李广杀敌而不侯，借古自喻，此宜与其《读李广传》首合观之。后阕咏稼轩。"笕竹"以竹凿通而接流水，灌溉田亩，接楯之处添瓦以保护之。今江南犹有此法。

清 樊圻 《江干风雨图》

汉宫春

会稽蓬莱阁观雨

秦望山头,①

看乱云急雨,

倒立江湖。

不知云者为雨,

雨者云乎?②

长空万里,

被西风变灭须臾。

回首听月明天籁,③

人间万窍号呼。④

① 秦望山:在会稽东南二十公里。
② "不知"二句,《庄子·天运》:"意者其有机缄而不得已邪?意者其运转而不能自止邪?云者为雨乎?雨者为云乎?"
③ 天籁:天之声,指风声。
④ 人间万窍号呼:指大风之声,天地间所有孔洞发出的声响。

谁向若耶溪上,
⑤

倩美人西去,

麋鹿姑苏?
⑥

至今故国人望,

一舸归欤!

岁云暮矣,

问何不鼓瑟吹竽?

君不见王亭谢馆,
⑦

冷烟寒树啼鸟。

⑤ 若耶溪:相传为西子采莲、欧冶铸剑之所。美人谓西施。向:方位词,到。

⑥ 倩美人西去,麋鹿姑苏:《吴越春秋》等书皆谓越王得苎罗山美女西施,献之吴王阖闾,吴王为西施筑姑苏台,朝夕游宴其上。迨勾践灭吴,姑苏台荒废,成为麋鹿栖息之地。倩:请。

⑦ 君不见王亭谢馆:东晋王、谢等豪族多寓居会稽。

点 评 会稽,绍兴府的郡名。知府的正衙名蓬莱阁,卧龙山下,面对秦望山。作者嘉泰三年(1203)六月知绍兴府兼浙东安抚使,此词正是此年六七月间在浙东观雨所作。

上片写登蓬莱阁远眺秦望山中大雨的情景,大自然的伟大和变化令作者加深了对人世的理解。下片回顾会稽历史往事。西施以一弱女子,分担国家的危难,最终复仇报国,这正是作者所坚持的"吴楚足以恢复中原"的理论依据。然而一旦回到现实,幻想破灭,国家兴亡的沉重感就压倒了一切。词中流露出的事业落空的悲伤,呈现出苍凉愤慨的感情色彩,蕴含着曲折的意蕴,给人以无穷的回味。

赏　析　明·李濂《稼轩长短句》评语：悲歌慷慨。

明·卓人月《古今词统》卷一三：当其落笔风雨疾。

今·俞陛云《唐五代两宋词选释》：前半写景，后半书感，皆极飞动之致。写风雨数语，有云垂海立气概。下阕慨叹西子，徒召吴宫而美人不返，悲吴宫兼惜美人，此意颇新警。后更言"王亭谢馆"同付消沉，宁独五湖人远！蓬莱越中胜地，秦少游、周草窗皆赋诗词。此作高唱入云，当以铜琶铁板和之。

明 仇英 《摹李唐重江叠嶂图》（局部）

南乡子

登京口北固亭有怀

何处望神州?
①

满眼风光北固楼。
②

千古兴亡多少事?
③

悠悠,

不尽长江滚滚流。

年少万兜鍪,
④

坐断东南战未休。
⑤

天下英雄谁敌手?

曹刘,
⑥

生子当如孙仲谋。

① 何处望神州:"神州"为我国的自豪之称号,此词开头一起,极其雄伟壮大。
② 满眼风光北固楼:北固楼上北望,看不到神州,所见仅仅是北固楼一带的风光。一问一答,加深了历史的沉重感。
③ 千古兴亡多少事:京口见证了六朝的兴废,也见证了南北宋的传承,以"多少事"加以概括。
④ 兜鍪:头盔。孙权十八岁接替孙策为讨虏将军,领会稽太守。此盖自诩少年时坐拥万军之英姿。
⑤ 坐断东南战未休:吴国虽敌不过中原曹魏,然立国以来,始终与之争锋,此用"战未休"三字以讽南宋与金议和一事。
⑥ 曹刘:指曹操、刘备。作者谓当时天下,能与曹、刘为敌手的,唯有孙仲谋。

点　评　北固亭在北固山绝顶，又名北固楼。作者所登临的是好友陈天麟新建之亭。

作者词题既称"有怀"，其所感怀者，乃在于六朝替代、千古兴亡，与神州沉沦有关，故开篇即以"何处望神州"表达对国家命运的关怀。下片缅怀开创江东吴国的孙权，歌颂其"坐断东南战未休"的自强不息精神。词人于咏史中包含了对南宋统治者长期实行苟安求和政策的贬斥，以及对抗战派人士的勉励等现实内容。

赏　析　清·陈廷焯《云韶集》卷五：魄力雄大，虎视千古。东坡词，极名士之雅，稼轩词，极英雄之气。千古并称，而稼轩更胜。

今·吴则虞《辛弃疾词选集》：此时稼轩已六十五岁高龄，出镇京口，而登临远眺，借古喻今，以抒写其愤懑气概之词也。……全篇借古喻今，缘景即情，屡问屡答，而局势开辟。

元　商琦　《春山图》（局部）

永遇乐

京口北固亭怀古

千古江山,
①
英雄无觅,
孙仲谋处。
②
舞榭歌台,
风流总被,
雨打风吹去。
斜阳草树,
寻常巷陌,
人道寄奴曾住。
想当年:
金戈铁马,
③

① 千古江山:北宋米芾《净名斋记》:"蒋公颖叔以诗见寄云:'……六朝人物风流尽,千古江山北固多。'"
② 英雄无觅,孙仲谋处:千年之后,江山大地上,已经无处寻找孙权的遗迹了。
③ 想当年金戈铁马:此殆指刘裕于晋义熙五年、十二年两次北伐之事。

气吞万里如虎。

元嘉草草,
④
封狼居胥,
⑤
赢得仓皇北顾。
⑥
四十三年,
⑦
望中犹记,
烽火扬州路。
⑧
可堪回首?
佛狸祠下,
⑨
一片神鸦社鼓。
⑩
凭谁问:
⑪
廉颇老矣,
尚能饭否?

④ 元嘉草草:元嘉为宋武帝刘裕之子宋文帝刘义隆年号,共三十年。元嘉年间刘宋草率从事北伐以致失败。草草:草率。
⑤ 封狼居胥:狼居胥山,古山名,在漠北。汉霍去病出代二千余里,与匈奴左贤王接战,左贤王败遁,乃封狼居胥山而还。
⑥ 赢得:获得,落得。
⑦ 四十三年:作者自绍兴三十二年正月,在山东奉耿京起义军表南归,到开禧元年春,为时正四十三年。当年正值金帝完颜亮南侵兵败,身殒扬州,金军相继北归。作者一行人自楚州南下,经扬州到建康府行宫,朝见自行在前来巡察的宋高宗。
⑧ 望中:指眼中所见。烽火扬州路:闰二月,作者再返北方,在济州金军中擒获叛徒张安国,缚送建康、临安,再下扬州路。
⑨ 佛狸祠下:佛狸为后魏太武帝拓跋焘小名。佛狸祠在江苏省六合县瓜步。
⑩ 社鼓:祭社的鼓声。
⑪ 凭:由,让。凭谁问:让谁询问。

点　评　这首词，用在镇江开创帝业之君孙权、刘裕的典故，对刘裕率师北伐、收复京洛的豪气大加赞扬，然而对刘裕之子刘义隆的北伐，却只有斥责。刘义隆元嘉间草草北伐、仓皇逃回的深刻历史教训，同眼前的时局相关，作者有感而发。所可忆念者，是四十三年前自己从烽火连天的中原战场拔身南归，使人不堪回首。如今大仇未复、大耻未雪，而南宋境内却已是一片歌舞升平景象，人们忘记了民族的耻辱，淡化了故国观念。词人最后表示：自己虽老而有廉颇之勇、报国之心，可惜由于郭开之流的谗毁，当局不能用。

赏　析　明·沈际飞《草堂诗余》别集：清壮可喜。事迹一经其用，政不见多。

明·李濂《稼轩长短句》评语：无限感慨悲凉之意，而词足以发之，妙妙。

宋·周济《宋四家词选》：有英主则可以隆中兴，此是正说。英主必起于草泽，此是反说。继世图功，前车如此。

清·田同之《西圃词说》：今人论词，动称辛柳，不知稼轩词以"佛狸祠下，一片神鸦社鼓"为最，过此则颓然放矣。

今·俞陛云《唐五代两宋词选释》：此词登京口北固山亭而作。人在江山雄伟处，形胜依然，而英雄长往，每发思古之幽情。……英词壮采，当以铁绰板歌之。

明 郑石 《芙蓉白鹭图》

玉楼春

乙丑京口奉祠西归,将至仙人矶

江头一带斜阳树,
①
总是六朝人住处。
②
悠悠兴废不关心,
惟有沙洲双白鹭。

仙人矶下多风雨,
③
好卸征帆留不住。
④　　　⑤
直须抖擞尽尘埃,
⑥
却趁新凉秋水去。
⑦

① 一带:一片,一方。
② 总是:都是。六朝:吴、东晋、宋、齐、梁、陈,皆建都建康,时长三百六十余年。六朝人住处:六朝人的遗迹。
③ 仙人矶下多风雨:仙人矶在烈山之东,是吴之旧津,内有小河,可泊船,商旅多停舟于此以避烈风。
④ 好卸:要卸。
⑤ 留不住:言因为风雨,本要留此避风,但归心似箭,风雨也挽留不住。
⑥ 抖擞:弹去。
⑦ 新凉秋水:指新生渐凉之秋水,或兼指期思旧居秋水观或秋水堂。

点　评　开禧元年(1205)秋,辛弃疾罢知镇江府,提举武夷山冲佑观,自镇江奉祠回归铅山。这次回铅山,作者心情复杂,感慨很深。国家兴亡、民族恩怨、身世沉浮,种种情怀交织融会在一起。他的胸怀郁闷,对国事的忧愁,对社稷千秋的焦虑以及对负有进退人才之责的当国者的深切谴责,在从镇江溯江而上,入湖口,过鄱阳,东归铅山的漫长途中,伴随着顶头风雨、新凉秋水,牵魂入梦,郁结而不解。

赏　析　　清·梁启勋《稼轩词疏证》:先生之政治生涯,即以此年为结束矣。《宋史》本传虽有翌年进龙图阁知江陵府令赴行在奏事、试兵部侍郎事,但辞未就。《玉楼春》词之结句(却趁新凉秋水去)亦可证。"秋水观"乃瓢泉宅中之一院落也。仙人矶亦名三山矶,距采石矶不远。陈尧佐尝泊舟矶下,一老叟告之曰:"明日之午有大风,宜避之。"至时果然,行舟尽覆,故名。

五代十国　顾闳中　《韩熙载夜宴图》

水调歌头

壬子三山被召,陈端仁给事饮饯席上作

长恨复长恨,

裁作短歌行。①

何人为我楚舞,②

听我楚狂声?③

余既滋兰九畹,

又树蕙之百亩,

秋菊更餐英。④

门外沧浪水,

可以濯吾缨。⑤

一杯酒,

① 短歌行:汉乐府曲调名,此处指本词《水调歌头·壬子三山被召,陈端仁给事饮饯席上作》。
② 楚舞:《史记·留侯世家》:"戚夫人泣,上曰:'为我楚舞,吾为若楚歌。'"
③ 楚狂:《高士传·陆通》:"楚昭王时政令无常,陆通乃佯狂不仕,时人称为楚狂。"
④ "余既"三句:屈原《离骚》:"余既滋兰之九畹兮,又树蕙之百亩。……朝饮木兰之坠露兮,夕餐秋菊之落英。""滋兰""树蕙"以培植香草比喻美好的品德,"饮露""餐英"以饮食芳洁比喻高尚的品节,本词承袭其意。
⑤ "门外"二句:《孟子·离娄上》:"沧浪之水清兮,可以濯我缨;沧浪之水浊兮,可以濯我足。"以沧浪水洗涤头巾,暗指作者人格高洁。

问何似,

身后名?

人间万事,

毫发常重泰山轻。
⑥

悲莫悲生离别,

乐莫乐新相识,

儿女古今情。
⑦

富贵非吾事,
⑧

归与白鸥盟。
⑨

⑥ "人间"二句:《庄子·齐物论》:"天下莫大于秋毫之末,而太(泰)山为小。"此处指世事颠倒。

⑦ "悲莫悲"三句:屈原《九歌·少司命》:"悲莫悲兮生别离,乐莫乐兮新相知。"

⑧ "富贵"句:陶渊明《归去来兮辞》:"富贵非吾愿,帝乡不可期。"

⑨ "归与"一句:黄庭坚《登快阁》:"万里归船弄长笛,此心吾与白鸥盟。"白鸥盟:与鸥鸟结盟,代指归隐。

点　评　壬子,即绍熙三年(1192),辛弃疾在福建任提点刑狱,是年冬被宋光宗赵淳召见,应即刻从福建赴南宋都城临安。当时陈端仁免官居家,为其设宴饯行,辛弃疾在席间作了本词。这首词大量运用诗文典故,频繁地以第一人称抒发议论,具有明显的散文化特征。词的上片多次出现第一人称代词——"我""余""吾",着力烘托清白高洁的自我形象;过片频发议论,感慨世事颠倒,词人最后决定"与白鸥盟",即不问世事、安心归隐。

三山,今福建福州,因城内有九仙、闽山、越王山三山而得名。陈端仁,名岘,闽县(今闽侯)人,作者好友。给事,给事中,为门下省官员。

赏　析　明·李濂《稼轩长短句》评语：意匠经营，全无痕迹。

清·陈廷焯《白雨斋词话》卷六：耆卿"忍把浮名，换了浅斟低唱"，荒谩语耳，何足为韵事？稼轩"悲莫悲生离别，乐莫乐新相识，儿女古今情。富贵非吾事，归与白鸥盟。"愤激语不离乎正，自与耆卿迥别。然读唐人"忽见陌头杨柳色，悔教夫婿觅封侯"之句，情理两融，又婉折多矣。

清·冯煦《蒿庵论词》：集中所载《水调歌头》"长恨复长恨"一阕……连缀古语，浑然天成，既非东家所能效颦……摧刚为柔，缠绵悱恻，尤与粗犷一派，判若秦越。

明 唐寅 《对竹图》（局部）

江神子

博山道中书王氏壁

一川松竹任横斜。

有人家，

被云遮。①

雪后疏梅、

时见两三花。

比着桃源溪上路，②

风景好，

不争些。③

① "有人家"句：杜牧《山行》："远上寒山石径斜，白云生处有人家。"
② 桃源溪上路：即桃花源溪路。陶渊明《桃花源记》："晋太元中，武陵人捕鱼为业。缘溪行，忘路之远近。忽逢桃花林。夹岸数百步，中无杂树，芳草鲜美，落英缤纷。"
③ 不争些：一作不争多，即差不多。

旗亭有酒径需赊。

晚寒咱,

怎禁他。
㊃

醉里匆匆、

归骑自随车。

白发苍颜吾老矣,

只此地,

是生涯。
⑤

㊃ "旗亭"三句:此三句言,在酒楼赊酒御寒。晚寒咱:一作晚寒些。

⑤ "白发"三句:此三句言,白发苍苍、垂垂老矣,唯有在此地了却余生。

点　评　《舆地纪胜》载:"博山在永丰西二十里,古名通元峰,以形似庐山香炉峰,故改今名。"此词为辛弃疾闲居带湖时所作,上片淡笔勾勒出博山道中清丽的自然风光,竹松、人家、云、雪、梅为实景,桃花溪为虚景,一实一虚,相映成趣。下片写赊酒御寒,极富生活气息,随即笔锋一转,道"醉里归骑""白发苍颜",发出了时光荏苒、一事无成的沉重感叹。

通篇采用铺叙的手法,上半渲染景色之优美,下半写英雄之迟暮,看似平淡,实则愁浓,堪称精妙。

赏　析　明·李濂《稼轩长短句》评语：写出平生心事。

今·谢永芳：此词作于闲居带湖期间。上片先实写冬春之交的博山道上，松竹横斜，雪后疏梅，白云人家，景色自然优美。再虚拟，言此风光较之于"桃源"毫不逊色。下片谓流连徘徊中，不觉已日色向晚，故而旗亭赊酒，醉里归晚。最后以叹老嗟衰作结，于闲适狂放中转出一缕英雄末路之悲，可谓寓浓于淡。

清　樊圻　《柳村渔乐图卷》（局部）

清平乐

书王德由主簿扇

溪回沙浅,

红杏都开遍。

鸂鶒不知春水暖,①

犹傍垂杨春岸。

片帆千里轻船,②

行人想见欹眠,③

谁似先生高举,

一行白鹭青天。④

① "鸂鶒"句:苏轼《惠崇春江晚景二首》:"竹外桃花三两枝,春江水暖鸭先知。"鸂鶒:水鸟名。形大于鸳鸯而多紫色,好并游,俗称紫鸳鸯。
② "片帆"句:此句言,舟船行驶速度极快。
③ 欹眠:侧身而眠。
④ "谁似"二句:杜甫《绝句四首》其三:"两个黄鹂鸣翠柳,一行白鹭上青天。"此二句言,先生如白鹭一般青天翱翔。高举:高飞。

点　评　本词是辛弃疾为友人王德由所作的一首题扇送别词。上片写"溪回沙浅""红杏开遍",平缓静谧,引出不知春水变暖、慵傍春岸的鸂鶒,同时以"垂柳"寄托对友人依依不舍的留恋情结。下片想象友人在轻舟快船中安稳入眠,如白鹭一飞冲天,富有动态感。全词将怯懦傍岸的鸂鶒置于静态环境,将友人安排在动态的轻舟快船中,并将其比作遨游青天的白鹭,对比鲜明,王德由奋进笃行、追求卓越的伟岸形象呼之欲出。

赏　析　今·顾随《稼轩词说》：题中注明是书王主簿扇，恐是席上匆匆送王罢官归去之作。前片写景，皆泛语、浅语，然过片"片帆千里轻船，行人想见欹眠"，情致已自可念；至"谁似先生高举，一行白鹭青天"，高情远致，不厉不佻，脱俗尘，透世网，说高举便真是高举。笑他山谷老人"江南春水碧于天，中有白鸥闲似我"之未免拖泥带水行也。夫"一行白鹭"之用杜诗，其孰不知之？但若以气象论，那一首七言四句排万古而吞六合，须还他少陵老子始得。若说化板为活，者位山东老兵，虽不能谓为点铁成金，要是胸具锤炉，当仁不让。

相逢幸遇佳時節
月下花前且把盃

南宋　马远　《月下把杯图》

一剪梅

中秋无月

忆对中秋丹桂丛。

花在杯中，

月在杯中。

今宵楼上一尊同。

云湿纱窗，

雨湿纱窗。

浑欲乘风问化工。

路也难通，

信也难通。

满堂惟有烛花红。

杯且从容，

歌且从容。

① "忆对"三句：回忆往日中秋于花间酌酒赏月的场景。
② "今宵"三句：言今日中秋云雨濡湿纱窗，空中无月。
③ 浑欲：简直要。
④ 化工：指自然的造化者。
⑤ 路也难通，信也难通：既指扣天无门，亦指作者在现实生活中壮志难酬、报国无门。
⑥ "满堂"句：承接上文"花在杯中，月在杯中"而来，言往年中秋皓月当空、红花繁密，今日中秋无花无月，满堂唯有红烛高照。
⑦ 从容：悠闲舒缓，不慌不忙。

点　评　自古以来，中秋赏月佳作浩如烟海，这首词却抒写中秋无月之愁情，独出机杼。起二句追忆往日中秋，丹桂飘香，月色姣好，把酒赏花，好不快意；次二句将镜头拉至今宵，云雨氤氲，纱窗濡湿，楼上饮酒，沉闷落寞。诗人突发奇想，要乘风质问天公，但"路也难通，信也难通"，只得以红烛为伴，轻歌慢饮，聊以自慰。在这首词中，作者明伤中秋无月，实则抒发报国无门、英雄失路的愤懑。

全词上下片的第二、四句叠韵，仅变换首字，读来有珠玉回环之美。

赏　析　今·辛更儒：这首词写一个无月的中秋，云和雨打湿楼上的纱窗。何以中秋无月，急欲乘风去问造物主，可惜音信难通。无月的中秋，只好面对烛花，从容饮酒听歌。全词只写了这三层意义，既写了无月时的无奈，也写了无聊作乐的心情。

240　辛　弃　疾　词　选

明　仇英　《观榜图》（局部）

鹧鸪天

送范先之秋试

白苎新袍入嫩凉,①

春蚕食叶响回廊。②

禹门已准桃花浪,③

月殿先收桂子香。④

鹏北海,⑤

凤朝阳。⑥

更携书剑路茫茫。⑦

明年此日青云上,⑧

却笑人间举子忙。

① 白苎新袍:指用白色苎麻织成的布所制成的长衣。宋制,应试举子应着苎麻袍。嫩凉:微凉。
② 春蚕食叶:欧阳修《礼部贡院阅进士就试》:"无哗战士衔枚勇,下笔春蚕食叶声。"此处指举子在科场上答卷的声音。
③ "禹门"句:龙门为禹治水时所凿,故亦称"禹门"。《三秦记》:"河津一名龙门,桃花浪起,江海鱼集龙门下,跃而上之,跃过者化龙,否则点额暴腮。"此处代指科举及第。
④ "月殿"句:宋制,各州郡漕试解试均于八月举行,正桂子飘香时节。此处亦指科举及第。
⑤ 鹏北海:《庄子·逍遥游》:"北冥有鱼,其名为鲲……化而为鸟,其名为鹏。……鹏之徙于南冥也,水击三千里,抟扶摇而上者九万里。"
⑥ 凤朝阳:《诗·大雅·卷阿》:"凤凰鸣矣,于彼高冈。梧桐生矣,于彼朝阳。"喻贤臣遇明君,得到重用。
⑦ 更携书剑:许浑《留别裴秀才》:"三献无功玉有瑕,更携书剑客天涯。"
⑧ 青云上:指仕途畅达,平步青云。

点　评　本词当作于淳熙十三年（1186），辛弃疾的门生范先之进京赶考，辛弃疾写下此词为其送别。词作起句不凡，"白苎新袍"点明举子着装，"嫩凉"道破应试季节，"春蚕食叶"绘出举子应试画面。以下想象范先之中举以后的情形，寄予门生金榜题名的美好祝愿。全词虚实相生，诸如"鹏北海""凤朝阳""青云上"等意象颇为宏大，意境雄豪壮阔，完美演绎了辛词的豪放特征。

范先之，即编《稼轩词甲集》之范开，又名范廓之，辛弃疾门人。秋试，即科举制度中的乡试，亦称秋闱，考试时间通常在农历秋季八月，考中者称举人。

赏　析　今·邓广铭《稼轩词编年笺注》：查宋代科举，例以子午卯酉为解试年分，辰戌丑未为省试年分，据知此二词非淳熙十年癸卯所作，定即十三年丙午之作。范廓之于九年方来从游，距十年解试之期过近，其与试当在次举，因推定二词之作年如上。

清　董邦达　《西湖十景图卷》（局部）

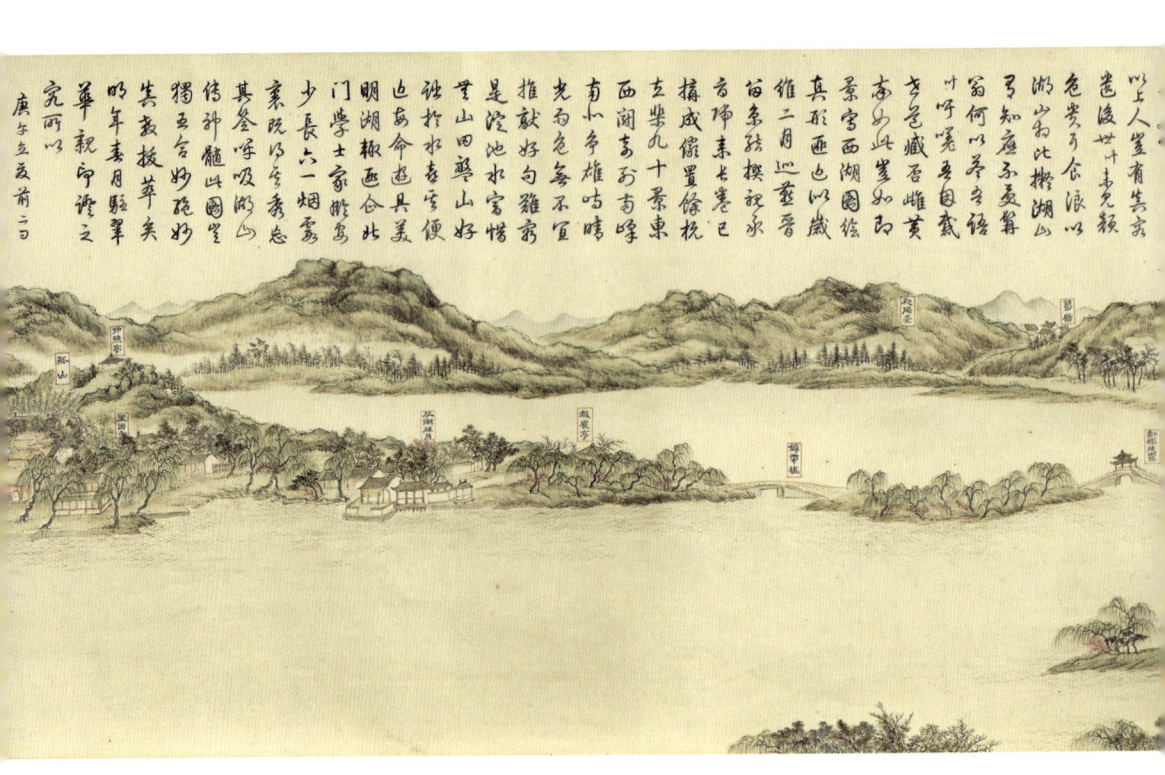

满江红

题冷泉亭

直节堂堂,①
看夹道、
冠缨拱立。②
渐翠谷、
群仙东下,
佩环声急。③
谁信天峰飞堕地,
傍湖千丈开青壁。④
是当年、
玉斧削方壶,
无人识。⑤

① 直节:指竹子。
② 冠缨:本指仕宦,此处将松树比作官员。
③ "渐翠谷"三句:此三句言,青翠的山谷中渐渐传来泉水声,有如群仙东下,身上的佩环琤琮作响。佩环声:柳宗元《至小丘西小石潭记》:"隔篁竹,闻水声,如鸣佩环。"
④ "谁信"二句:此二句言飞来峰青山连绵,傍湖而立,谁信是由天外飞来的。
⑤ "是当年"三句:此三句言,飞来峰是仙人用玉斧削落仙山而成,历经沧桑,已无人识得它的面貌。方壶:传说中的仙山。

山木润,

琅玕湿。
　⑥

秋露下,

琼珠滴。

向危亭横跨,
　　⑦

玉渊澄碧。
　⑧

醉舞且摇鸾影,

浩歌莫遣鱼龙泣。

恨此中、

风物本吾家,
　　　⑨

今为客。

⑥ 琅玕:青色美玉,此处代指翠竹。
⑦ 危亭:高亭。
⑧ 玉渊:指冷泉亭潭水。
⑨ 吾家:济南。词人由冷泉亭景色联想到家乡济南,故言此。

点　评　冷泉亭在西湖灵隐寺飞来峰下，白居易《冷泉亭记》云："东南山水余杭郡为最，就郡言灵隐寺为尤，由寺观言，冷泉亭为甲。"淳熙五年（1178），辛弃疾在杭州任大理少卿，于某个秋日游览冷泉亭时创作了本词。

这首词将冷泉亭的如画景色缓缓道来，松竹挺立、幽泉琮琤、峰峦叠嶂、山木湿润、碧水如玉，诉诸视觉、听觉、感觉，令读者身临其境。作者接着笔锋一转，写主人公醉舞浩歌，生发出"恨此中、风物本吾家，今为客"的叹息。原来，冷泉亭的景物触发了作者对于家乡济南的思念，那里有冷泉、大明湖、趵突泉，有观澜亭、历下亭、水香亭，也有无尽的美景。本词层层渲染冷泉亭的景色，于末尾处点明主旨，笔法摇曳多姿，韵味无穷。

赏　析　明·李濂《稼轩长短句》评语：佳。

明·卓人月《古今词统》卷一二：前作富贵缠绵，后作萧散俊逸。

今·邓广铭《稼轩词编年笺注》：淳熙五年，《满江红》二首，用同韵，知两词之写作，先后相接，据广信书院本顺序，前一首必作于本年在临安任大理少卿时，故同录于此。

明　沈周　《落花图并诗》（局部）

玉楼春

风前欲劝春光住，①

春在城南芳草路。

未随流落水边花，

且作飘零泥上絮。②

镜中已觉星星误，③

人不负春春自负。

梦回人远许多愁，

只在梨花风雨处。④

① 住：停止，留下。
② 泥上絮：朱弁《风月堂诗话》："参廖自杭谒（东）坡于彭城，一日……坡遣官伎马盼盼就求诗，参廖援笔立成，有'禅心已作沾泥絮，不逐春风上下狂'之句，坡喜曰：'吾常见柳絮落泥中，谓可以入诗，偶未收入，遂为此人所先。'"
③ 星星：此处指白发。左思《白发赋》："星星白发，生于鬓垂。"
④ "梦回"二句：秦观《鹧鸪天·枝上流莺和泪闻》："甫能炙得灯儿了，雨打梨花深闭门。"

点　评　这首词或作于庆元二年(1196)辛弃疾闲居瓢泉期间,是一首典型的伤春词。上片主体为"春",作者惜春劝春留,春虽未随落花流水逝去,却也在飘零尘絮中了然无迹;下片主体为"人",作者揽镜发觉青丝已白,生出韶华不再的浓浓愁绪,末句以雨打梨花作结,引人遐思。全词以春喻己,明伤春,实叹年华易逝,含蓄动人。

在艺术上,本词采用白描手法,粗笔勾勒暮春景致,落花、零泥、飘絮、雨打梨花等意象凄婉清冷。此外,这首词善用形式重复而略有变化的口语词句,如"风前欲劝春光住,春在城南芳草路""人不负春春自负"等皆清丽自然,富有节奏感,这些都促成了本词的婉约风貌。

赏 析 明·沈际飞《草堂诗余》别集：我负东风，春自负，两句谁是公道，不嫌两存。

今·谢永芳：此词创作时地未详。上片先言暮春时分，风雨来临之前，希望留住春光，因为城南路上长满芳草，已遮断了春的归路。再说春虽未随落花流水而去，但已然化"作飘零泥上絮"，自然过渡到下片的叹老怀人。下片谓青春背我堂堂去，镜中已添了星星白发。再谓闺中人留春不住，从梦中醒来，发现人已远去，缕缕新愁涌上心头，看着风雨梨花，更是愁上加愁。

明　仇英　《独乐园图》（局部）

鹊桥仙

己酉山行书所见

松冈避暑,①
茅檐避雨,
闲去闲来几度。②
醉扶怪石看飞泉,③
又却是、
前回醒处。
东家娶妇,
西家归女,④
灯火门前笑语。
酿成千顷稻花香,
夜夜费、
一天风露。⑤

① 冈:山岭;山脊。
② 几度:几回。
③ 怪石:或指博山"雨岩"。辛弃疾《山鬼谣》小序:"雨岩有石,状甚怪……"又,《水龙吟·补陀大士虚空》小序:"题雨岩。岩类今所画观音补陀。岩中有泉飞出,如风雨声。"飞泉:喷泉;瀑布。
④ 归女:谓女子出嫁。《诗·周南·桃夭》:"之子于归,宜其室家。"
⑤ "酿成"二句:此二句言,每夜的风露滋润了千顷稻田,意指风调雨顺,谷物丰收。

点　评　这首农村词作于淳熙十六年己酉（1189），时辛弃疾罢官居江西上饶带湖之滨。上片述乡居生活，作者"松冈避暑，茅檐避雨"，十分悠闲。次句写醉酒时扶石看飞泉，却发现此处为日前酒醒之地，暗示自己时常醉酒。"闲"与"醉"概括了作者在带湖的生活状态，看似惬意舒适，但作者"闲"乃因被迫罢官，"醉"也是为了借酒浇愁，所以"闲"与"醉"传达着作者对朝政的失望及无奈。过片描写农村嫁娶风俗及"千顷稻花香"，感谢雨露对于稻谷的滋润，使失望与无奈在乡村的醉人风景与淳朴民俗中得到稀释，稍显旷逸。本词造语自然，意境清新，描绘了淡雅淳朴的乡居环境，颇为动人。

赏　析　　清·李濂《稼轩长短句》评语：草草成奇。

今·顾随《稼轩词说》：即如此《鹊桥仙》一阕，岂非可谓为作之自在者，然而细按下去，便觉得仍是当行有余，自在不足。夫"松冈""茅檐"，"避暑""避雨"，旧时数曾"闲去闲来"，岂非自在？然而"醉扶怪石看飞泉"，只缘"怪"字"飞"字，芒角炯炯，遂使"扶"字"看"字，亦未免着迹露象。……然则辛词只作到个当行即可，不自在也罢。

今·夏承焘、游止水《辛弃疾》：他写乡村丰盛的生产。……令人想到宋人"升平不在箫韶里，只在家家打稻声"的诗句。

南宋　陈居中　《宋出猎图》（局部）

昭君怨

豫章寄张守定叟

长记潇湘秋晚，

歌舞橘洲人散。①

走马月明中，②

折芙蓉。

今日西山南浦，③

画栋珠帘云雨。④

风景不争多，⑤

奈愁何。

① "长记"二句：淳熙七年张栻卒，枸请祠营葬，家居潭州。时辛弃疾知潭州兼湖南安抚使，故二人得以同游。橘洲：《方舆胜览》："湘江中有四洲，曰：橘洲、直洲、誓洲、白水洲。夏月水泛，唯此不没。土多美橘，故名。"
② 走马：骑马。
③ 西山南浦：《舆地纪胜》："西山在新建西大江之外，高二千丈，周三百里。"又："南浦亭在隆兴府广润门外，下瞰南浦，往来舟舣于此。"
④ 画栋珠帘云雨：王勃《滕王阁》："画栋朝飞南浦云，珠帘暮卷西山雨。"
⑤ 不争多：差不多。

点　评　本词以回忆开篇,追溯自己与友人在橘子洲头夜间骑马、采摘芙蓉的欢乐时光;过片转向现实,书写"珠帘云雨"的场景,以"愁"作结,情韵悠长。全篇回忆与现实相互交织,情感细腻,语言清丽,实为婉约佳作。

豫章,在今江西省南昌市。张构,字定叟,南宋抗金名将张浚之子,南宋学者张栻之弟,天分高爽。揆诸词意,此词或作于淳熙八年(1181)。

赏　析　清·李濂《稼轩长短句》评语：妙作。

清·陈廷焯《词则·放歌集》卷一：怨郁。短调中笔势飞舞，辟易千人。结更悲壮精警。读稼轩词，胜读魏武诗。

今·邓广铭《稼轩词编年笺注》：张浚自绍兴末年即家居潭州，卒后葬衡山。淳熙七年二月张栻卒，枃请祠营葬，即应家居潭州。时稼轩知潭州兼湖南安抚，故定叟得从游于潇湘橘洲之上。……据词中前章数语，知是稼轩第二次帅豫章时所作。

元 曹知白 《东园载酒图》

浪淘沙

山寺夜半闻钟

身世酒杯中,
①
万事皆空。
古来三五个英雄。
雨打风吹何处是,
汉殿秦宫。
②

梦入少年丛,
歌舞匆匆。
老僧夜半误鸣钟。
③
惊起西窗眠不得,
④
卷地西风。
⑤

① 身世:一生,终生。酒杯中:指借酒浇愁。
② 汉殿秦宫:秦汉时的宫殿,此处代指秦始皇、刘邦。
③ "老僧"句:《王直方诗话》:"欧公言:唐人有'姑苏城外寒山寺,夜半钟声到客船'之句,说者云:'句则佳也,其如三更不是撞钟时!'"
④ 西窗:旅居客舍之窗。
⑤ 卷地西风:谓西风贴着地面迅猛向前,此处代指身世悲凉。

点　评　本词起句言借酒浇愁，万事皆空，奠定了全词的悲凉基调。次二句怀古，追忆秦汉英雄，慨叹盛世不再。过片道梦入少年时，格调稍显昂扬。然老僧夜半鸣钟，惊醒少年梦，西风卷地，无限凄凉。作者虽言"万事皆空"，却无法做到真正的旷达，欲寐不能寐，更使人感受到他内心深深的绝望与痛苦。陈廷焯《云韶集》评此词曰："沉郁顿挫中，自觉眉飞争舞。笔力雄大，辟易千人。结数语，如闻霜钟，如听秋风，读者神色都变。"可谓真知灼见。

赏　析　清·许昂霄《词综偶评》:"老僧夜半误鸣钟"三句,与老杜"欲觉闻晨钟,令人发深省"同意。

清·陈廷焯《云韶集》卷五:沉郁顿挫中,自觉眉飞色舞。笔力雄大,辟易千人。结数语,如闻霜钟,如听秋风,读者神色都变。

今·吴则虞《辛弃疾词选集》:"万事皆空",言酒入愁肠,万事忘怀,深得酒中之趣,故不可仅作参悟解。……上阕激楚,下阕悲凉。"误"字为一篇巧眼;"卷"字从现境写,与"雨打风吹"之境不重复。